AF289384

Der schwarze Obelisk

von A. M. Berger

A. M. Berger

Der schwarze Obelisk

Novelle

Bibliografische Information der Deutschen Nationalbibliothek:
Die Deutsche Nationalbibliothek verzeichnet diese Publikation in der
Deutschen Nationalbibliografie; detaillierte bibliografische Daten sind
im Internet über http://dnb.dnb.de abrufbar.

© 2025 A. M. Berger

Verlag: BoD · Books on Demand GmbH, Überseering 33,

22297 Hamburg, bod@bod.de

Druck: Libri Plureos GmbH, Friedensallee 273, 22763 Hamburg

ISBN: 978-3-8192-6295-1

PRÄAMBEL

ZUR VORGESCHICHTE DES SCHWARZEN OBELISKEN

1

Es gibt Begebenheiten, welche durchaus abenteuerlich sind, die sich durch die Jahrhunderte und Jahrtausende ziehen, sich durch fremde Länder und Nationen erstrecken, obgleich sie von einem gar kaum erfordern, die Bequemlichkeit seines Kämmerleins zu verlassen. So auch jene, welche ich berichten kann, bei welcher es sich um eine seltsame Nachforschung handelte, die ihren Ursprung in einer kurzen Erwähnung in Adalbert Hürlimanns «Chronik des Urner Landes in der ersten Hälfte des 19. Jahrhunderts» findet:

IM JAHRE 1835 WURDE EIN ÜBERAUS BEFREMDLICHER VORFALL BERICHTET, BEI WELCHEM DIE GESAMTE BEWOHNERSCHAFT DES KLEINEN BERGDORFES GRIMSALP, DAS DAMALS KAUM MEHR ALS EINHUNDERT SEELEN ZÄHLTE, IN IHRER GESAMTHEIT TOT AUFGEFUNDEN WURDE. SO SEHR ENTSETZTEN SICH DIE LEUTE DES NACHBARDORFES, DIE DIESEN GRAUENVOLLEN ANBLICK ERSCHAUTEN, DASS DIE NACHRICHT HIERVON BIS ZUM LANDAMMANN IN ALTDORF GELANGTE. MANGELS EINER ANDEREN ERKLÄRUNG NAHM MAN AN, EINE RÄTSELHAFTE SEUCHE HABE DIE BEWOHNER VON GRIMSALP DAHINGERAFFT. AUS SCHEU VOR DEM

UNHEIMLICHEN MIEDEN DIE ÜBRIGEN MENSCHEN DAS NUNMEHR ALS VERFLUCHTE STÄTTE ZURÜCKGEBLIEBENE DORF, BIS DIESES VIELE JAHRE SPÄTER, UM 1879, DURCH EINEN ERDRUTSCH VERSCHÜTTET WURDE. BIS ZUM HEUTIGEN TAGE SIND DER VORFALL UND DER GENAUE ORT JENES EINSTIGEN DORFES GÄNZLICH IN VERGESSENHEIT GERATEN.

Diese kurze Randnotiz der Geschichtsschreibung wäre für jeden Anderen von geringer Bedeutung gewesen, doch wie es der Zufall wollte, hatte ich in den Katakomben der Universität Thurikon Teile eines unveröffentlichten Forschungsberichtes aus dem Jahre 1922 ausfindig machen können, dessen Autor zwar nicht überliefert war, aber in welchem ein Mann namens Erich Huber befragt worden war, welcher, nun 94 Jahre alt, mutmasslich ein Überlebender des Massensterbens von Grimsalp gewesen sei.

ERICH HUBER, GEB. 1828, WAR SIEBEN JAHRE ALT, ALS DIE GESAMTE BEWOHNERSCHAFT DES DORFES GRIMSALP AUF RÄTSELHAFTE WEISE IHR LEBEN LIESS. DER VORFALL WAR DERART NACHHALTIG, DASS HUBER, UNGEACHTET SEINES DAMALIGEN JUGENDLICHEN ALTERS UND DER LANGEN ZEITSPANNE, DIE SEITDEM VERFLOSSEN IST, BIS HEUTE EINE KLARE UND GENAUE ERINNERUNG DARAN BEWAHRT.

HUBER BERICHTET, DASS EINIGE WOCHEN VOR DIESEM EREIGNIS EINE UNGEWÖHNLICH HOHE ANZAHL VON REISENDEN DAS DORF PASSIERTE, WAS BEMERKENSWERT WAR, DA GRIMSALP FERNAB JEGLICHER PASSSTRASSE LAG. ZWEI DIESER FREMDEN, EIN ÄLTERER UND EIN JÜNGERER MANN, VON DENEN HUBER VERMUTET, SIE KÖNNTEN VATER UND SOHN GEWESEN SEIN, FANDEN UNTERKUNFT IM HAUSE SEINER FAMILIE, DA DAS DORF KEINE GASTHÄUSER BESASS UND DIE BEHERBERGUNG VON REISENDEN EINE WILLKOMMENE EINNAHMEQUELLE DARSTELLTE. DIE BEIDEN SPRACHEN WENIG, DOCH WENN SIE REDETEN, FÜHRTEN SIE EIGENTÜMLICHE GESPRÄCHE IN EHRFÜRCHTIGEM TONE, DIE DARAUF SCHLIESSEN LIESSEN, IHRE REISE SEI EINE ART WALLFAHRT ZU EINEM FEST ODER RITUAL GEWESEN. NÄHERES INDES ERFUHR HUBER NICHT.

DER JÜNGERE DER BEIDEN FREMDEN SCHLOSS WÄHREND SEINES AUFENTHALTS IN GRIMSALP DEN KLEINEN ERICH INS HERZ, WIE SICH

Huber erinnert; der Mann sei durchaus wohlwollend gewesen und habe zuweilen mit ihm gespielt. Kurz vor seiner Abreise überreichte er Erich ein Geschenk: einen kleinen, schwarzen Stein, der an einer Schnur befestigt war. Dieser Stein, so erklärte der Mann, sei „ein Stück vom Monde".

Nach der Abreise der Reisenden schimpfte Hubers Vater über sie und nannte sie „des Teufels Gesindel". Ähnliche Äusserungen vernahm man von anderen Dorfbewohnern, die weitere Reisende, vermutlich aus derselben Gruppe, beherbergt hatten. Hubers Vater wollte dem Jungen den Stein entreissen, doch Erich verbarg ihn unter einem Holzbalken in seiner Kammer und behauptete, ihn verloren zu haben. Dafür erhielt er eine Züchtigung, da der Vater ihn der Lüge bezichtigte.

Wohl an die zwei Wochen nach jenem sonderbaren Besuch ereignete sich ein merkwürdiges Gewitter, von welchem, so Huber, die Blitze keinen Donner mit sich brachten, kein Regen darauf folgte und ein klarer Sternenhimmel zu sehen war. In jener Nacht, so berichtet er, befiel ein rätselhafter Wahnsinn die Bewohnerschaft. Mitten in der Nacht begaben sich alle auf die Strasse und eilten, obschon es bereits Oktober war und die Nacht bitterkalt, ohne Mäntel oder Umhänge in Richtung der Berge. Huber beobachtete dies alles durch das kleine Fenster seiner Kammer, blieb jedoch selbst von diesem Wahn unberührt. Alsbald eilte er hinunter und sah seinen Vater und seine Mutter, wie sie gleichfalls hinausgingen. Er zerrte an ihren Kleidern und suchte sie zur Vernunft zu bringen, doch sie beachteten ihn nicht und schritten wie in Trance hinaus in die Berge.

Am nächsten Morgen fand sich Huber gänzlich allein im Dorfe wieder. Von Furcht getrieben rannte der Knabe ins nächste Dorf und flehte um Hilfe. Anfänglich wollte man ihm keinen Glauben schenken, doch angesichts seines beharrlichen Drängens entschlossen sich drei Männer, die als Milizen verpflichtet waren, mit ihm nach Grimsalp zu gehen. Tatsächlich fanden sie das Dorf menschenleer vor und machten sich sogleich in die Richtung auf, in welche, laut Erich Hubers

SCHILDERUNG, DIE BEWOHNER IN DER NACHT ZUVOR GEGANGEN WAREN. NACH EINER STUNDE MARSCH DURCH DAS TAL ERREICHTEN SIE EINE KLEINE HOCHEBENE, WO SIE DIE LEICHEN ALLER EINWOHNER VON GRIMSALP, KREISFÖRMIG UM EINEN TIEFSCHWARZEN FELSEN ANGEORDNET, VORFANDEN. DER ANBLICK ERFÜLLTE DIE MÄNNER MIT GRAUEN; SIE VERSUCHTEN, ERICH ZURÜCKZUHALTEN, DAMIT ER DIES NICHT SEHE, DOCH ER ERBLICKTE ALLES: JEDER TOTE HATTE DIE RECHTE HAND AUFS GESICHT GELEGT UND SICH DAS RECHTE AUGE HERAUSGERISSEN.

DIE DREI MILIZEN UND DER JUNGE ERICH BEGABEN SICH UNVERZÜGLICH NACH ALTDORF, UM DEM LANDAMMANN BERICHT ZU ERSTATTEN. DIESER BEFÜRCHTETE EINEN MÖGLICHEN ÜBERFALL UND ENTSANDTE SOGLEICH EINEN TRUPP SOLDATEN, DOCH ES FANDEN SICH KEINERLEI SPUREN FREMDER EINWIRKUNG. KEINE FUSSSPUREN IM SCHNEE, KEINE WAFFEN, KEIN ZEICHEN EINER AUSEINANDERSETZUNG. MANGELS WEITERER ANHALTSPUNKTE BLIEB NICHTS ÜBRIG, ALS DIE LEICHEN ZU BESTATTEN. ERICH HUBER, NUN VERWAIST, WURDE VON EINEM ONKEL IN WASSEN AUFGENOMMEN UND LEBTE FORTAN BEI IHM. ER SELBST KEHRTE NIEMALS NACH GRIMSALP ZURÜCK, UND DAS DORF WARD BEKANNTLICH 1879 DURCH EINEN ERDRUTSCH GÄNZLICH VERSCHÜTTET.

ZWECK DIESER UNTERSUCHUNG IST ES, DEN STANDORT VON GRIMSALP GEMÄSS DEN ANGABEN ERICH HUBERS GENAU ZU BESTIMMEN UND WOMÖGLICH AUSGRABUNGEN DURCHZUFÜHREN, UM WEITERE HINWEISE AUF DIE URSACHEN JENES MASSENSTERBENS VON 1835 ZU GEWINNEN.

Doch diesen Absichten wurde, aus Gründen, die ich nicht weiter nachvollziehen kann, nicht weiter nachgegangen. Bloss der Bericht von Erich Huber blieb als Teil einer unvollständigen Forschung erhalten.

2

Anschliessend, dass ich jenen Vorfall um das Dorf Grimsalp in etwa hatte rekonstruieren konnte, folgte meiner Nachforschung etwas völlig anderes, nämlich eine vorsintflutliche Überlieferung aus Mesopotamien, welche 1897 von Professor Robert von Waldesheim aus Texten der alten Sumerer übersetzt und interpretiert worden war.

UM DAS JAHR 4500 VOR CHRISTUS BESCHRIEB DER SCHRIFTGELEHRTE ZIUSHUBUL AUS ERIDU EIN EIGENTÜMLICHES VOLK, GENANNT DÎR HUL-GAL, WAS IN DER SPRACHE DER SUMERER ETWA „VOLK DER BÖSEN GÖTTER" BEDEUTET. MIT DIESEM NAMEN BEZEICHNETEN DIE SUMERER JENE ISOLIERTE GEMEINSCHAFT. NACH DEN AUFZEICHNUNGEN DES ZIUSHUBUL WAR DIE KULTUR DER DÎR HUL-GAL BEREITS VIELE JAHRTAUSENDE ZUVOR ENTSTANDEN, ALS IHRE VORFAHREN EINEN SPALT IM GEFÜGE DER WIRKLICHKEIT ÖFFNETEN UND DADURCH IN VERBINDUNG MIT DEN SOGENANNTEN „HERRSCHERN DER LEERE" TRATEN.

DIESE HERRSCHER DER LEERE, SO WIRD BERICHTET, TRATEN TELEPATHISCH MIT DEN SCHAMANEN JENER AHNEN DER DÎR HUL-GAL IN VERBINDUNG UND FORDERTEN SIE AUF, EIN TOR ZU IHRER DIMENSION ZU ERRICHTEN. ZU DIESEM ZWECKE SOLLTE EIN SCHWARZER OBELISK ERBAUT UND DURCH ZAHLREICHE MENSCHENOPFER DEN HERRSCHERN DER LEERE GEWEIHT WERDEN. UM SOLCHE OPFER ZU VOLLZIEHEN, BREITETE SICH DIESE KULTUR IN RÄUBERISCHER UND GRAUSAMER WEISE AUS, ENTFÜHRTE MENSCHEN, WO IMMER SIE IHRER HABHAFT WERDEN KONNTEN, UND BRACHTE SIE BEIM SCHWARZEN OBELISKEN DEN HERRSCHERN DER LEERE DAR.

INNERHALB DIESER ALTEN GEMEINSCHAFT WUCHSEN BALD SPANNUNGEN, DA DIE TYRANNISCHEN SCHAMANEN ZUNEHMEND ARGWÖHNISCH WURDEN. DAS VOLK ZEIGTE SICH UNZUFRIEDEN, DA ES

DEN SINN DER FORTWÄHRENDEN KRIEGE UND RAUBZÜGE NICHT ERKANNTE, WÄHREND ES SELBST UNTER HUNGERSNÖTEN UND SEUCHEN LITT. MEHRERE AUFSTÄNDE WURDEN MIT GEWALT NIEDERGESCHLAGEN, UND DIE AUFRÜHRER WURDEN EBENFALLS RITUELL GEOPFERT. DOCH KURZ DARAUF WURDEN DIE SCHAMANEN ERMORDET, UND DER SCHWARZE OBELISK WARD IN TAUSEND STÜCKE ZERSCHLAGEN.

DIE KULTUR VERFIEL HIERAUF IN EINEN ZUSTAND DER STAGNATION, BIS SIE IN GESTALT DER DÎR HUL-GAL VON NEUEM ERSTARKTE UND SICH ABERMALS IN GEWALTTÄTIGER UND RÄUBERISCHER WEISE VERBREITETE. DIE SUMERISCHEN STADTSTAATEN ZAGMUK, ESHGALA UND GIRSU FIELEN DEN DÎR HUL-GAL ZUM OPFER UND WURDEN GÄNZLICH VERNICHTET. ALS SIE SODANN DEN STADTSTAAT ZALAK ÜBERFIELEN, VERMOCHTEN EINIGE BEWOHNER NACH ERIDU ZU ENTKOMMEN UND BERICHTETEN DORT VON DEN GESCHEHNISSEN. ANGESICHTS DER DROHENDEN GEFAHR SCHLOSSEN SICH DIE STADTSTAATEN ERIDU, URUK UND LARSA ZUSAMMEN, UM GEGEN DIE DÎR HUL-GAL IN DIE SCHLACHT ZU ZIEHEN.

ALS DIE VEREINTE STREITMACHT IN ZALAK EINMARSCHIERTE, FAND SIE DIE DORTIGE BEVÖLKERUNG BEREITS TOT VOR, SÄMTLICH IN EINEM KREISE UM EINEN SCHWARZEN OBELISKEN ANGEORDNET, DIE RECHTE HAND AUF DEM GESICHT UND DAS RECHTE AUGE HERAUSGERISSEN. HIERAUF SUCHTE DIE ARMEE DIE DÎR HUL-GAL AUF UND VERNICHTETE SIE IN EINER BLUTIGEN SCHLACHT UNTER HOHEN VERLUSTEN. SEITDEM GALT DAS VOLK DER DÎR HUL-GAL ALS AUSGEROTTET. INDESSEN BLEIBT DER VERBLEIB JENES SCHWARZEN OBELISKEN UNGEKLÄRT, WIE DER SCHRIFTGELEHRTE ZIUSHUBUL BERICHTET. ES SCHEINT, ALS SEI DIESER AUF UNERKLÄRLICHE WEISE VERSCHWUNDEN, BEVOR MAN GELEGENHEIT FAND, IHN ZU ZERSTÖREN UND DAMIT DAS LETZTE ÜBERBLEIBSEL DER DÎR HUL-GAL ZU TILGEN.

Jener schwarze Obelisk war lange Jahre unter den Archäologen insgeheim ein begehrtes Artefakt, welches aber selten erwähnt wurde, da dessen Geschichte von vielen Gelehrten als blosse Legende abgetan wurde. Austen Henry Layard, Paul-Émile Botta oder Hormuzd Rassam sollen angeblich erfolglos nach diesem Obelisken gesucht haben, doch es war ein anderer, nämlich der englische Major-General Horace G. Schwenck, welcher nebst seiner militärischen Tätigkeit auch als

Archäologe tätig war, der während seiner Stationierung im Britischen Mandat Mesopotamien Anfang der 20er Jahre den schwarzen Obelisken gesehen haben wollte, wie er Jahre später berichtete. Die Universität Thurikon verfügt über eine seltene Tonbandaufnahme, auf welcher zu hören war, wie Schwenck in einer Radiosendung von 1947, wenige Jahre vor seinem Tod, sein Erlebnis erzählte:

Wir fuhren etwa eine Stunde mit einem Automobil aus der Stadt Nasiriya zu einer eher unscheinbaren Felsformation, von welcher ich allerdings aufgrund der geometrischen Form annahm, dass es sich tatsächlich um ein künstliches Bauwerk handelte, welches durch die Erosion so stark abgenutzt und durch die Kriege beschädigt worden war, dass es inzwischen nach wenig mehr als einigen Felsbrocken aussah.

Wir konnten eine Seite dieses Baus mit recht wenig Mühe freilegen und fanden tatsächlich einen Zugang, welcher ins Innere führte. Dort fanden wir eine enorme Kammer vor, welche sich weit in die Tiefe erstreckte. In dieser Kammer stand, scheinbar über die Jahrtausende unberührt, jener schwarze Obelisk, an dessen Suche sich schon manch ein anderer Archäologe die Zähne ausgebissen hatte.

Ich wusste zu diesem Zeitpunkt wenig über dieses Artefakt, so dachte ich auch selbst, dass es wohl wenig mehr als ein Ammenmärchen sei, und hatte lediglich auf einige Kuriositäten gehofft, welche ich an das British Museum hätte verkaufen können. Keineswegs hatte ich jemals erwartet, eine solch bahnbrechende Entdeckung zu machen.

Aufgrund der Form dieses Obelisken nahm ich in meinem damaligen Unwissen an, dass es womöglich ein ägyptisches Bauwerk war, welches seinen Weg bis nach Mesopotamien gefunden hatte. Vor allem die hochwertige Verarbeitung dieses pechschwarzen Granits war für mich faszinierend, wenn man mit den Fingern darüberfuhr, war das Gestein vollkommen glatt, den Jahrtausenden zum Trotz war es von einer Qualität, welche wir selbst heute mit unseren modernen Gerätschaften grosse Schwierigkeit hätten, nachzubauen.

Mit grossen Kosten, welche ich auf mich selbst nehmen musste, tat ich mich daran, diesen Obelisken abtransportieren zu lassen, denn man hatte mir in England bereits zugesichert, dass man mich für die Auslagen entschädigen würde, sobald das Artefakt dort angekommen sei. Doch unsere Probleme begannen, als die angeheuerten Arbeiter, welche allesamt Eingeborene waren, nach nur wenigen Tagen der Ausgrabung einem unerklärlichen Wahnsinn verfielen. *Manche von ihnen liefen völlig verwirrt in die Wüste hinaus und damit ins sichere Verderben, andere wiederum rissen sich ihr rechtes Auge aus, und starben zumeist an Ort und Stelle an den selbst zugeführten Verletzungen.*

Während ich versuchte, neue Arbeiter anzuheuern, dokumentierte ich den Obelisken, indem ich ihn photographieren liess und auch die Schrift und die Piktogramme, mit denen er versehen war, abzeichnete. Einige der Schriftzeichen sahen nach sumerischer Keilschrift aus, und ich konnte einige Worte davon übersetzen:

«Jenseits des Firmamentes … Herrscher der Leere … hungern nach Menschenleben … die Welten vereinen»

Ausser, dass es sich um einen abstrusen religiösen Kult handeln musste, konnte ich hieraus keinen tieferen Sinn stiften.

Als ich schliesslich einen neuen Arbeitstrupp hatte zusammenstellen können und wir uns zum Obelisken aufmachten, musste ich mit grossem Ärgernis sehen, dass dieser spurlos verschwunden war. Ich konnte es mir nicht erklären, denn dieses Artefakt musste viele Tonnen schwer gewesen sein, und der Zugang zu diesem Bau war nicht einmal gross genug, als dass es hindurchgepasst hätte. Ich selbst hatte vorgehabt, zu gegebenen Zeitpunkt den Zugang mit Dynamit aufsprengen zu lassen.

Das Interesse für meinen Bericht ebbte in England bald ab, als ich zugeben musste, dass der Obelisk spurlos verschwunden war. Man spottete über mich, man nannte mich den Magier des verschwindenden Obelisken. Selbst meine Photographien wurden nicht ernst genommen, man sagte, es seien blosse Fälschungen, denn niemand glaubte mir, dass der Obelisk einfach so hätte verschwinden können.

Die Glasplatten der Photographien zerbrachen auf meiner Rückreise nach England, und die einzigen Kopien der Bilder übergab ich, zusammen mit meinen restlichen Aufzeichnungen, dem Archivar Henri de Boulogne aus Genf, mit welchem ich seit langen Jahren eine rege Brieffreundschaft hegte, und welcher als einer der wenigsten meine Geschichte glaubte, und sich immerzu ernsthaft dafür interessiert hatte.

Heute, ein viertel Jahrhundert und ein Weltkrieg nach jenen Begebenheiten, zweifle ich manchmal selbst daran, was ich damals gesehen hatte, und ob es wohl alles bloss eine Halluzination gewesen sein sollte, denn bis heute frage ich mich, ob es tatsächlich möglich sein sollte, dass jener enorme, steinerne

*Obelisk ohne weiteres innert zwei Tagen und ohne einen Zugang von genü-
gender Grösse aus jenem Bau hätte gestohlen werden können. Es ist wohl ein
Rätsel, das ich wohl mit mir ins Grab nehmen werde.*

3

Nachdem sich meine Erzählung bis zu diesem Zeitpunkt einzig in der Bibliothek und den Lagerräumen der Universität Thurikon abgespielt hatte, begab ich mich nun auf eine kurze und ereignislose Reise nach Genf, wo ich die Nachkommen von Henri de Boulogne ausfindig gemacht hatte. Die Familie des einstigen Archivars beschäftigte sich heute mit anderen Berufszweigen, hauptsächlich dem Bankwesen und dem Handel. Ein grosses Interesse für die Bestände von Henri de Boulogne bestand nicht.

Ich stellte mich als Howard K. Schwenck vor, ein fiktiver Name, den ich erdacht hatte, um mich als Nachkommen von Major-General Horace G. Schwenk auszugeben, der auf der Suche nach dessen Nachlass sei, den er Henri de Boulogne zur Aufbewahrung übergeben hatte. Herr Jacques Bonard, Urenkel von Henri de Boulogne, war sehr freundlich und, in reinster Schweizer Manier, zweifelte er zu keinem Zeitpunkt an meiner Person und dem Vorwand, den ich ihm aufgetischt hatte. Er führte mich in den staubigen Dachboden des Hauses, in welchem einstmals Herr de Boulogne gelebt hatte, und welches nun das seine. Einige Plastikkisten trugen ein Etikett darauf, auf welchem «Archive H. de Boulogne» zu lesen war.

Wir mussten mehrere dieser Kisten durchsuchen, bis wir einen grossen, vergilbten Umschlag fanden, welcher mit «Documents du M. Horace Schwenck» beschriftet war. Herr Bonard übergab mir lächelnd diesen Umschlag und sagte, er freue sich, dass diese Dokumente wieder zur Familie von Herrn Schwenck hätten zurückkehren können. Ich schaute kurz in den Umschlag und sah darin sogleich die alte Photographie sowie Schwencks Zeichnungen, dann schüttelte ich Herrn Bonards Hand und bedankte mich herzlich. Mit diesen Dokumenten in Händen machte ich mich auf den langen Heimweg.

Zu Hause angekommen, zündete ich sogleich den Kamin an und setzte mich davor, während die Flammen immer grösser anwuchsen. Dann holte ich die verschiedenen Papiere von Schwenck aus dem Umschlag, sah sie kurz an, und warf sie, eines nach dem anderen, ins Feuer. Ich starrte darauf, während die Flammen jedes dieser Dokumente verschlangen. Anschliessend verbrannte ich auch den Bericht des Erich Huber, von dem ich annahm, dass es keine weiteren Kopien gab, ausser jenem Original, welches ich dem Archiv der Universität Thurikon entnommen hatte, sowie jenes seltene Tonband, mit den Ausführungen des Horace G. Schwenck.

Denn das geheime Wissen, wie die Herrscher der Leere dereinst in unsere Welt gerufen werden, soll in Dunkelheit gehüllt bleiben. Bald schon wird kein sterbliches Band und kein göttlicher Wille uns zu hindern vermögen, die Edalh heraufzubeschwören.

Wir werden Eins sein mit den Edalh.

DER SCHWARZE OBELISK

PROLOG

Als diese seltsamen Begebenheiten ihren Anfang nahmen, hatte ich nicht erwartet, einstmals in der Situation zu enden, in der ich mich heute befinde. Doch zugegeben, ich hatte ohnehin nicht gewusst, was ich mir davon hätte erhoffen sollen, bloss hatte ich von Beginn an das Gefühl in meinem Hinterkopf mitgetragen, dass es kein gutes Ende nehmen würde. Trotzdem aber bereue ich nichts von dem, was ich getan habe. Mein Handeln war vielleicht nicht immer von moralischer Reinheit, doch wer könnte sich schon anmassen, über jene Entscheidungen zu urteilen, die ich treffen musste? Und die Gesetze, nun ja, denen hatte ich, ausser aus Gründen des Selbstschutzes, ohnehin schon lange zuvor abgeschworen.

Die meisten Menschen werden, wenn sie gefragt werden, sagen, dass Gesetze niemals ein abschliessendes moralisches Urteil sein können, und dass man mit aller menschlicher Legitimität jene Gesetze, die unrecht sind, missachten sollte. Bloss mit der Frage, ab wann denn nun Gesetze eben unrecht sind, tut man sich schwer. Das Recht des Einen vermag gleichwohl das Unrecht des Anderen zu sein. Die Gesetze, unter dessen Joch ich schon zu Beginn dieser Geschichte lebte, fand ich schon im Vorhinein zutiefst ungerecht, doch es schien, ich war mit meiner Meinung in der Minderheit, womit jene Ansicht auch jeglichen Anspruch auf Legitimität verspielt zu haben schien. Wozu dann diese wohlwollenden Plattitüden über ungerechte Gesetze, wenn das Gesetz letzten Endes eben doch die ultima ratio der gesellschaftlichen Ordnung sein wird?

Ich habe nun Zeit, mir über diese Dinge Gedanken zu machen. Wahrlich, wenn ich eines heute habe, dann ist es Zeit, dafür hingegen wenig mehr, als noch Papier und Stift, um meine Gedanken festzuhalten. Ich habe auch keine Furcht mehr, meine anstössigen Gedanken zu äussern, denn es wäre schwer denkbar, noch weiter bestraft zu werden, als ich es jetzt schon in diesem Zuchthaus bin, aus welchem ich nicht weiss, ob ich jemals entlassen werden sollte.

Ob ich es verdient habe, hier zu sein, kann ich kaum beurteilen. So lächerlich jenes Gericht auch war, welches mich nach nur wenigen Minuten Verhandlung verurteilte, so wäre es nicht ehrlich zu sagen, dass ich eine „echte" Gerichtsverhandlung, mit allen Schikanen, mit Pracht und Prunk, als legitimer empfunden hätte. Ich denke, da jedes Gesetz durch den Menschen gemacht ist, ist jegliche Justiz letztlich auch eine Art von Willkür, die sich höchstens dadurch rechtfertigen kann, dass sie von der Masse als legitim und adäquat angesehen wird. Und wo ist hier schon der Unterschied zu jener Lynchjustiz, die ich erlitt? Wohl nicht jenseits der andachtsvollen Roben und pedantischen Rituale der institutionalisierten Willkür genannt Justiz. Welche Macht doch darin liegt, banale Dinge mit Sitten und Zeremonien zu versehen. Es scheint sogleich, als wäre es etwas, was über jenen Menschen stünde, die sie erdacht haben.

Das Streben des Menschen nach Gerechtigkeit und Ordnung ist wohl unweigerlich eine Sisyphusaufgabe, bei welcher, sobald eine solche Ordnung erdacht ist, diese sogleich wieder von jenen untergraben wird, die sie als ungerecht empfinden. Jede Ordnung möchte sich selbst als endgültig verstehen, als abschliessend in jenem menschlichen Bestreben, und sie muss vorspielen, dass es nicht irrsinnig ist, zu denken, dass nach den abertausenden Ordnungen, die zuvor kamen und gingen, diese nun doch die endgültige sein wird. Und zugleich, wenn sie dies nicht vorspielt, so wird sie gar nicht erst einen Anspruch darauf haben, massgebend zu sein.

Möglicherweise war mein Eingreifen in die natürliche Entwicklung dieser Ordnungen, gemeint als der ewige Machtkampf in der Herrscherklasse, unangebracht, und es wäre besser gewesen, ich hätte es doch auf jenes Unheil ankommen lassen, welches zu erwarten war. Oder vielleicht war erst das, was ich verursachte, das wahre Unheil. Erneut frage ich, wer kann das schon beurteilen? Sind nicht die Eroberer und Plünderer von gestern die Helden von heute und die Unmenschen von morgen?

Vielleicht wird es das Beste sein, wenn ich nunmehr meine Geschichte für sich selbst sprechen lasse, als dass jeder sein eigenes Urteil fälle. Doch welches dieses auch über mich sein soll, so sei gewiss, dass ich bereits meine Strafe erhalten habe.

1

Alles begann an einem regnerischen Nachmittag, einer dieser Tage, welcher selbst zum hellsten Zeitpunkt fast schon dunkel wie die Nacht erscheint, und welcher eine ominöse Untergangsstimmung mit sich bringt. Ich ordnete einige mesopotamische Statuetten in einer Vitrine, als ich das vertraute Klingeln der Türglocke hörte. Ich drehte mich hinter einem Regal hervor und sah den alten Mann hineinstürmen. Ein schmächtiger Herr, mit einem weissen Schnurrbart, gekleidet in einem dunklen Regenmantel und mit einem völlig durchnässten Hut auf dem Kopf. In den Händen trug er ein in Zeitungspapier eingewickeltes Bündel.

Völlig ausser Atem hielt er alsbald ein, und stützte sich auf einem der zahlreichen Regale, wobei einige Bücher, die dort ungeordnet gestapelt waren, zu Boden fielen. Ich lief sofort auf ihn zu, woraufhin er mir das Bündel in die Hände drückte, bevor er vor Erschöpfung auf die Knie fiel.

„Es ist alles wahr", sagte er keuchend, „ich wollte es nicht glauben, dachte es sei nur Wahnwitz."

„Was ist wahr?", fragte ich.

„Sie verfolgen mich, ich weiss nicht, wie lange ich es schaffe. Verstecken sie das Buch, es darf diesen Leuten nicht in die Hände fallen", sprach der Mann und begann sich wieder aufzuraffen. Ich riss derweil das Zeitungspapier von dem Bündel, das er mir übergeben hatte, und fand ein altes, ledergebundenes Buch vor, das auf dem Einband lediglich in schwarz eingebrannten Buchstaben den Titel trug: *De Ritibus Tribuum Arcanorum*.

Noch bevor ich den Blick von diesem seltsamen Buch erheben konnte, war der Mann schon zu einem der Fenster hinübergelaufen, von welchem aus er auf die Strasse hinunterschaute.

„Sie kommen schon, ich wusste es", sagte er und lief wieder zur Tür. Kurz bevor er meinen Laden verliess, hielt er nochmals inne, schaute zu mir hinüber und sagte: „Verstecken sie das Buch. Sie dürfen es nicht finden." Dann lief er hinaus, die Treppen hinunter und in die verregnete Dunkelheit hinaus.

Ich versuchte erst einmal zu begreifen, was soeben passiert war. Im Zuge meiner Tätigkeit hatte ich immer wieder mit exzentrischen Charakteren verkehren müssen, doch dieses Treffen, welches aus dem Nichts aufgekommen und sich innert kürzester wieder ins Nichts verflüchtigt hatte, war selbst für meine Massstäbe durchaus sonderbar.

Mein Geschäft, ein völlig unzeitgemässes Antiquariat, war für gewöhnliche Kundschaft alles andere als einladend. Nicht nur, weil es sich spärlich beschildert im ersten Stock eines alten, zu Geschäften und Büros umfunktionierten Wohnhauses befand, sondern auch weil ein solches Geschäft weitestgehend aus der Mode gefallen war. Gelegen im Sektor Central der Nova Raetia, ein Ort der einstmals als Zürich bekannt war, bevor dieses zusammen mit weiteren Städten zu einer Grossmetropole zusammengeschlossen und als „Nova Raetia" getauft wurde, war das ganze Gebäude eine *rara avis*: mit seinen vier Etagen wurde es von allen Seiten von den modernen Türmen überragt, welche im Zuge endloser Verdichtungsmassnahmen errichtet worden waren. Schrille Leuchtplakate warben nun überall in der Gegend für dekadenten Konsum und entartete Unterhaltung, mit einer unförmigen Masse kulturloser Immigranten vermischt mit den übriggebliebenen, zumeist degenerierten Einheimischen, die noch nicht das Weite von diesem Sodom gesucht hatten, als bevorzugte Klientel.

Mit Abscheu schaute ich zumal von den Fenstern meines Geschäftes in die Richtung des Treibens auf dem Platz am Ende dieser kleinen Seitenstrasse, die zumindest eine kleine Distanz zu jenem niemals enden wollenden Getöse der gottlosen Moderne bot. Ein Geschäft wie das Meine war der Regierung missgünstig, wie man es mir während der wiederholten Inspektionen, die trotzdem keinerlei vorschriftsmässige Mängel hatten feststellen können, wissen liess. Der Regierung war jedwede einfältige und gedankenlose Unterhaltung sowie zwanghafter Konsum materieller Güter erwünscht, Gewohnheiten, die die Menschen davon abhalten würden, tiefgründigere Fragen über die geltende gesellschaftliche Ordnung zu stellen, deren endlose Ungereimtheiten wie ein miasmatischer Dunst über der Realität lagen. In den Fressbuden, Hurenhäusern und Nachtklubs wurde nicht über solche Fragen nachgedacht; der Kauf von unnützen Gerätschaften und das Sammeln überteuerter Werbeartikel ersetzte das Ansammeln von Bildung und Kultur. Jegliches Wissen und jede Lehre der Geschichte sollten unter dieser Müllhalde der Bedeutungslosigkeit endgültig begraben werden.

Es war wenig mehr als ein glücklicher Zufall, dass mein Antiquariat überhaupt noch an diesem Standort festhalten konnte. Der einstige Besitzer dieses Gebäudes, ein reicher alter Mann der in fast schon geheimnisvoller Anonymität gelebt hatte, vermachte in seinem Testament, dass dieses Gebäude erhalten bliebe und dass dafür eine Stiftung gegründet werde, welche sich durch die bescheidenen Einkünfte der Mieten finanziere. Diese Stiftung war in der obersten Etage von ebendiesem Haus beheimatet und ihre zwei Mitarbeiter unter den ansässigen Mietern gut bekannt. Es herrschte eine vertraute Atmosphäre eines gemeinsamen Ausharrens gegen die wiederholten Versuche der Stadtverwaltung, das Gebäude aufzukaufen, um es durch einen weiteren Betonklotz zu ersetzen. Irgendwann hatten wohl selbst diese seelenlosen Bürokraten die Vergeblichkeit ihrer Anläufe erkannt und nachgegeben.

Ich selbst hatte das Antiquariat übernommen, nachdem der ursprüngliche Geschäftsführer, für den ich bereits lange Jahre gearbeitet hatte, aus Alters- und Krankheitsgründen in den Ruhestand ging, wenn man das erbärmliche Dahinfristen mit dem knappen Almosen der Rentenkasse überhaupt noch so bezeichnen konnte. Sonderlich rentabel war dieses Geschäft nicht, doch ich hatte mich pragmatisch angepasst, indem ich ein Hinterzimmer zu einem winzigen Wohnquartier umfunktioniert hatte und so keine Wohnung zu beziehen brauchte. Ebenfalls sorgte dies für einen sehr kurzen Arbeitsweg.

Die Arbeit als Antiquariat war tatsächlich aber auch nur ein wenig bedeutender Teil meiner Tätigkeit. Meine tatsächlichen Anstrengungen galten der Beschaffung aller nur erdenklichen Bücher und Artefakte, welche man mir in Auftrag geben sollte. Zumeist ging ich nicht selbst auf die Suche danach, denn es war nicht meine Stärke mich in dunklen Grotten, verlassenen Ruinen oder staubigen Archiven herumzutreiben, oder gar zwielichtige Geschäfte mit zweifelhaften Figuren auszuhandeln. Ich hatte eine ganze Reihe an Kontakten, meine „Lieferanten", wie ich sie nannte, welche ich anschliessend meiner Recherchen aussenden konnte, um die begehrten Objekte ausfindig zu machen.

In so einem Geschäft war es natürlich empfehlenswert, keine Fragen zu stellen. Was auch immer beauftragt wurde, ich sagte, ob ich es beschaffen konnte oder nicht, und was der Preis dafür war. Eine Originalkopie des Theaterstücks „Der König in Gelb" von 1895, eine Erstausgabe von F. W. Von Junzts „Unaussprechlichen Kulten" oder gar die sagenumwobene Statuette des Malteserfalken waren einige der Höhepunkte dieser Artefakte, die bereits in meinen Händen gewesen waren. Niemals wusste ich wirklich, wo diese Gegenstände hergekommen waren, oder wo sie endigen würden, doch die blosse Erfahrung, all diese seltsamen Kuriosa auch nur kurzzeitig erlebt zu haben, war für mich fast schon Belohnung genug. Nebst dem jeweiligen Honorar versteht sich, von welchem aber zumeist nach all den aufwendigen Auslagen nur wenig für mich übrigblieb.

Und so nahm ich an, dass dieser aufgebrachte alte Herr mit dem seltsamen Buch in Händen wohl über einen dieser Kollaborateure zu mir gefunden hatte. Doch warum genau dieses Buch so stark verfolgt sein sollte, war mir ein Rätsel. Ich blätterte in jenem alten Band, doch mein Latein war etwas rostig, als dass ich etwas Bedeutsames daraus hätte lernen können. Es schien sich um alte Völker und ihre Rituale zu handeln. Nach wohl hundert Seiten hiervon änderte sich plötzlich der Inhalt, von da an war das Buch in einer völlig fremden Sprache geschrieben, gar in einer anderen Schrift, welche ich nicht einordnen, geschweige denn entziffern konnte.

Obwohl es schon spät am Nachmittag war, entschied ich mich, jemanden aufzusuchen, der mir vielleicht mehr über dieses Buch sagen könnte. Ich legte meinen Regenmantel an und packte das Buch, zuvor in einen Plastiksack eingewickelt, in einen Rucksack. Dann machte ich mich auf nach draussen, in den strömenden Regen.

2

Ich lief die kleine, dunkle Seitenstrasse hinunter und trat in die lärmige, im Licht grosser Werbebildschirme geflutete Atmosphäre der Colinstrasse, einer von vielen Konsum- und Vergnügungsmeilen in diesem Teil der Stadt. Die Strasse war erst vor wenigen Jahren umbenannt worden nach irgendeinem Politiker der jungen Zeit. Dies war der *modus operandi* dieser Regierung, immerzu die treuesten Bücklinge zu beehren, zugleich wie jede Vergangenheit mit diesen politischen Modeerscheinungen überschrieben wurde. Auch Herrn Colins Name würde nicht lange währen, und in einigen Jahren würde auch sein Handeln als infam verklärt werden und stattdessen die Strasse nach dem neuen Liebling umbenannt werden. So würde dem Fussvolk auch der Eindruck übermittelt, dass sich die Regierung kontinuierlich bessere. Was sicherlich auch irgendwo eine masslose Überschätzung dieser Massen darstellte, die völlig in ihrer hedonistischen Pläsier- und Konsumsucht verloren waren.

Ich hätte zu anderen Zeiten vermieden, für den Weg bis zum Bahnhof das Tram zu benutzen, doch bei diesem Regen war es wohl das geringere Übel, wenn ich mir keine Erkältung einfangen wollte, die mich zu guten zwei oder drei Wochen sanitären Hausarrest verdonnern könnte. Der Grund für meine Abneigung, mit dem Tram zu fahren, konnte ich von der Haltestelle aus auf einem grossen, leuchtenden Bildschirm sehen, in Form einer der allgegenwärtigen Werbungen für das MILcom-System: „MILcom" stand für *Molecular Interface Link communication*, Hauptsache ein Name auf Englisch mit vielen Schlagworten, um all die Kleingeister zu beeindrucken. Es handelte sich hierbei um Mikrochips, welche unter die Haut implantiert wurden, und welche zur elektronischen Identifizierung dienten. Angeworben wurde natürlich vor allem der „praktische" Faktor kontaktloser Bezahlungen, die direkt mit dem Bankkonto verbunden waren, doch unsereins wusste genau, dass dies lediglich ein Kollateraleffekt eines zur Kontrolle und Überwachung erdachten Systems darstellte.

Derzeit wurde für das neue „MILcom NEX"-System geworben. Anstatt dass hierbei wie beim ursprünglichen System die Mikrochips in den Handrücken eingepflanzt wurden, implantierte man sie nun in das Hirn, und es war über die Netzhaut des rechten Auges verbunden, sodass der Chip über einen Augenscan gelesen werden konnte. Was genau der Vorteil von diesem neuen System sein sollte, war selbst denen, die sich den MILcom NEX-Chip einpflanzen liessen nicht ganz klar, es schien mehr, sie taten es aus Reflex, weil sie sich einfach voll und ganz dem Gehorsam gegenüber dem leuchtenden Bildschirm hingegeben hatten.

Doch wo schon das erste MILcom-System einige seltsame Nebenwirkungen gezeigt hatte, war dies beim MILcom NEX nochmals überspitzter: Vor allem Schlaganfälle häuften sich, aber auch sonstige Hirn- und Nervenerkrankungen. Die Medien berichteten natürlich nicht darüber, aber die Gerüchte waren hartnäckig. Zu viele Leute kannten jemandem, der sich das MILcom NEX-System einpflanzen liess und Nebenwirkungen erlitten hatte. Welche natürlich rein zufällig waren, wie jeder Arzt sofort bestätigte.

Der Zugang zu vielen Orten war nur noch den Trägern des MILcom-Chips gestattet, vor allem im Gastgewerbe und der Unterhaltungsindustrie. Einige wenige Betriebe gestatten weiterhin den „Chip-Verweigerern" den Zugang, was als sogenannter „fakultativer Zutritt" bezeichnet wurde, wofür sie auf recht grosszügige Subventionen verzichten mussten. Ihr folglich teureres und weniger reichhaltiges Angebot hielt folglich die gechippte Kundschaft fern und es hatte sich eine niedere Parallelgesellschaft von Ausgestossenen gebildet.

Zwar hatte die Regierung zeitweise mit der Idee kokettiert, keine solche Lokale zuzulassen oder gar die MILcom-Chips zu verordnen, doch die Möglichkeit einer ganzen Gesellschaftsschicht als konstanter Sündenbock für jegliche politische Verfehlung war letztlich attraktiver. Wenn es eines gab, was diese Regierung fürchtete, dann war es, dass die Fassade von Stärke und Übermacht bröckeln sollte, und stattdessen das wackelige Kartenhaus dahinter zum Vorschein käme.

Im Regen sah ich nun mein Tram der Linie 41 ankommen, welches mich zum Bahnhof bringen würde. Die ganze Zeit, die ich an der Haltestelle stand, kam ich nicht über das Gefühl hinweg, durch den ganzen Trubel hindurch beobachtet zu werden, als verfolgte mich in sicherer Distanz ein dunkler Schatten. Ich lief zur hintersten Tür und stieg in das völlig überfüllte „C"-Abteil.

In den Trams gab es neuerdings drei Abteile, zuvor waren es zwei gewesen: Ein grosses für die Chip-Träger, und ein kleines im hinteren Teil der Bahn für den Rest. In jenem hinteren Abteil gab es auch keine Sitze, Heizung oder Klimatisierung. Das grosse Abteil der Chip-Träger war nun ebenfalls in zwei geteilt, vorne das „A"-Abteil für die Träger des „MILcom NEX"-Chips, dahinter das „B"-Abteil für all jene mit dem normalen MILcom-Chip, und schliesslich das hintere „C"-Abteil. Dieser Zustand war allerdings ein wohl ungewollt praktischer Massstab für die Gesellschaft: Die ungechippten Abweichler, die immerzu als unbedeutende, asoziale Minderheit dargestellt wurden, waren überraschend zahlreich. Und das neue „A"-Abteil, welches sogar mit besseren Sitzen ausgestattet war, war meistens recht leer, und stattdessen füllte sich nun das „B"-Abteil.

Ich musste doch ein wenig in mich hinein kichern, wie ich die ganzen Leute sah, die sich einem braven Haustier gleich ihren Chip hatten verpassen lassen, und nun selber in ein minderwertiges, überfülltes Abteil gezwängt wurden, in Erwartung, dass sie wohl doch noch übers Stöckchen springen würden und sich den MILcom NEX-Chip einpflanzen liessen. Ich bezweifelte allerdings, dass diese Leute jemals begreifen würden, dass jedes Bisschen was sie den machtgeilen Bürokraten entgegenkamen diese nicht nur nie zufriedenstellen sollte, sondern sie nur noch gieriger nach Gehorsam und Unterwerfung machen würde.

Während ich im Tram sass, bekam ich erneut das Gefühl, beobachtet zu werden. Aus dem „B"-Abteil meinte ich, dass ein penetranter Blick direkt auf mich gerichtet war. Als ich aus dem Fenster einen Aufruhr sah, nutzte ich die Gelegenheit, ich stieg an der nächsten Haltestelle aus und lief direkt in die Menschenmenge.

Diese Leute waren vor der Hauptfiliale der NHB, der Nationalen Handelsbank, versammelt, am Fusse der Treppe, die zum Eingang führte. Ich hatte zufällig mitbekommen, dass diese Bank in Zahlungsschwierigkeiten geraten war, und diese Leute waren wohl davon betroffen. Ich hatte zwar selbst ein Konto bei dieser Bank, welches ich für mein Geschäft benötigte, doch ich benutzte es lediglich, um die Miete und sonstige Rechnungen zu begleichen, ansonsten hatte ich mein Geld auf Bezahlkarten, welche mit Guthaben aufgeladen werden konnten, um alltägliche Zahlungen zu tätigen. Das maximale Guthaben war begrenzt und die meisten Leute verwendeten nur eine Karte, die sie regelmässig auffüllten, aber ich hatte mir einfach einen kleinen Stapel dieser Karten zugelegt, um so wenig Geld wie möglich auf dem Konto zu behalten. Es war schliesslich nicht unerhört, dass Konten unliebsamer Bürger willkürlich gesperrt wurden.

Die Menschenmenge war ziemlich erregt, offenbar waren die Auszahlungen aufgrund der Zustände begrenzt worden. Sie schrien immer lauter, dass sie ihr Geld wollten. Einige Polizisten in Schutzkleidung standen um die Masse herum, hatten aber scheinbar wenig Lust, gegen die aufgebrachten Bürger vorzugehen. Erst neulich war ein ähnlicher Aufstand wegen verspäteter Rentenzahlungen ziemlich ausgeartet, und die Polizei hatte sich trotz Schilden und Schlagstöcken letzten Endes zurückziehen müssen. Die Polizei selbst war unterbesetzt und unterbezahlt, die Moral der Wachmänner entsprechend tief. Es war ein weiterer Fall, wo die Fassade der Regierung bröckelte.

Als ein Bankmitarbeiter schliesslich hervortrat, begleitet von zwei Polizisten mit Plastikschilden, wurde das Geschrei lauter, einige warfen Flaschen und Steine in seine Richtung, welche die Polizisten mit den Schilden abwehrten. Ich bemerkte derweil, dass ein dunkel gekleideter Mann, der ebenfalls aus dem Tram ausgestiegen war, mir auch hierher folgte. Ich behielt ihn im Augenwinkel, aber die Menschenmasse war zu dicht, als dass er mir nahekommen konnte.

„Aber Herrschaften, beruhigen sie sich doch bitte", sagte der Bankmitarbeiter und gestikulierte um Ruhe, „wir wissen ja, dass diese Situation für sie unangenehm ist, aber haben sie bitte Gewissheit, dass ihre Konten bis fünfhunderttausend Franken abgesichert sind und—"

„Warum bekommen wir dann nur zweihundert am Tag?", schrie ein Mann dazwischen.

„Wie schon gesagt", fuhr der Mann von der Bank fort, „aufgrund der Liquiditätsverzögerungen hat es eine routinemässige Eingrenzung der Zahlungen gegeben, in Abwarten der Refinanzierung der Bankgesellschaft. Das sollte innerhalb der nächsten Tage stattfinden, und dann werden sie wieder unbegrenzten Zugriff auf ihre Konten haben."

„Wir scheissen auf euer Fachchinesisch, gebt uns unser verdammtes Geld", schrie jemand anderes. „Genau!", klang es aus der Menge.

„Wie schon gesagt, sie werden sich gedulden müssen bis—"

Die Leute liessen den Mann nicht zu Ende reden und begannen lautstark zu brüllen und mit allen möglichen Dingen nach ihm zu werfen, sodass er sich wieder in der Bank verstecken musste. Ich nutzte die Gelegenheit und lief in Richtung des Mannes, der mir gefolgt war. Ich tat, als würde ich stolpern, griff mich an ihm fest und zerrte ihn zu Boden. Dann rannte ich in Richtung der Tramhaltestelle, wo gerade eine Bahn ankam. Ich stieg ein, mein Verfolger schaffte es nicht rechtzeitig. Ich war ihn losgeworden. Vorerst.

3

Am Bahnhof stieg ich in den ersten Zug in Richtung Sektor Nord-1, was einstmals das Städtchen Winterthur gewesen wäre, wo ich auf die Thurtalbahn umstieg. Diese Schmalspurbahn, welche als privater Betrieb auf die Umsetzung der Chip-Richtlinien verzichtet hatte, vornehmlich unter Berufung auf die begrenzte Grösse und das Alter der Triebzüge, führte in eine seltsame Gegend der Nova Raetia, seltsam wohl, weil sie eine der letzten Orte dieser Grossmetropole war, welche man nicht den massiven städtebaulichen Veränderungen unterzogen hatte. Offiziell hiess es, dass die Gegend aufgrund der vom Fluss Thur geprägten Geographie und der spärlichen Verkehrsinfrastruktur schlecht angebunden war. Man munkelte aber, dass die Universität Thurikon, welche das gleichnamige Dorf dominierte, aus rätselhaften Gründen einen starken Einfluss auf die Regierung ausübte, zumindest insofern des Umgangs mit dem Dorf und der Bahn.

Somit gestaltete sich die Fahrt mit der Thurtalbahn wie eine Reise in eine kleine Parallelwelt, in welcher pastorale Natur waltete, wenngleich in der Ferne vom Grossstadtpanorama aufgelauert, und in dessen Mitte sich das scheinbar seit Jahrhunderten unberührte Dörfchen Thurikon auftat, mit seinen etwas schräg stehenden Fachwerkhäusern, den mit grünen Kacheln verzierten Kirchturm, und, nicht weit vom Dorfkern, dem ominösen Universitätsgebäude aus dem 19. Jahrhundert.

Ich wusste, dass selbst zu so später Stunde Professor Grebenschtschikow noch in der Universität zu finden wäre. Der Professor war inzwischen wohl schon über achtzig Jahre alt, doch als alter Haudegen wie sonst kein anderer dachte er gar nicht daran, in den Ruhestand zu gehen. „Kann ich ausruhen wenn ich bin tot", sagte er immerzu in seinem starken russischen Akzent. Grebenschtschikow hatte keine Familie, keine Frau und keine Kinder, die Arbeit an der Universität war deshalb sein ein und alles. Ich wusste, es war wohl eher umgekehrt: Wenn er einstmals nicht weiter arbeiten könnte, würde er alsbald nur noch dahinvegetieren.

Inzwischen konnte der arme kaum noch gehen, die meiste Zeit war er auf einen Rollstuhl angewiesen und die Universität hatte nur für ihn einen Treppenlift einbauen lassen, sodass er sein altes Arbeitszimmer nicht vom ersten Stock in das Erdgeschoss verlagern müsse. Ansonsten war die Universitätsleitung sehr zurückhaltend, auch nur geringste Änderungen am historischen Universitätsgebäude vorzunehmen. Die hölzernen Fenster pfiffen laut, wenn der kalte Wind des Winters blies, und die Marmortreppen waren von der jahrelangen Benutzung völlig verformt, dass man aufpassen musste, an nassen Tagen nicht darauf auszurutschen.

Wann immer ich mit irgendeiner Nachforschung meiner Artefakte nicht weiter kam, wendete ich mich an Professor Grebenschtschikow, der scheinbar immer einen Rat selbst für die schleierhaftesten Themen hatte. Ich fand ihn an diesem Abend dösend in seinem Arbeitszimmer, genau wie ich es erwartet hatte. Aus seinem kleinen Radio erklang das Klavierkonzert von Edvard Grieg. Ich klopfte an die offene Tür und der Professor erwachte schlagartig aus seinem Schlummer.

„Мы ничего не покупаем!", rief der Professor.

„Was?", fragte ich nur.

„Oh, müssen verzeihen, war eingeschlafen und habe geträumt, sie kommen, um mir zu verkaufen Enzyklopädie", sagte er verlegen. „ Aber sind sie, junger Mann, kommen rein, kommen rein, wie kann ich helfen?"

Ich trat in das Arbeitszimmer und versuchte bis zum Stuhl vor dem Schreibtisch zu laufen, ohne die ganzen gestapelten Bücher und Papiere umzustossen.

„Guten Abend, Professor. Sie müssen entschuldigen, dass ich sie zu so später Stunde noch störe, aber es war mir recht dringend."

„Aha, klingt spannend, sie erzählen bitte", sagte der Professor.

Während ich das Buch aus meinem Rucksack holte und aus dem schützenden Plastiksack nahm, erklärte ich Grebenschtschikow, wie es mir zuvor von jenem unbekannten Mann in die Hände gedrückt worden war. Als er den Titel des Einbandes sah, weiteten sich seine Augen.

„Ist unglaublich", sagte er ehrfürchtig, „kann sein wirklich *De Ritibus Tribuum Arcanorum*?" Er begann vorsichtig darin zu blättern.

„Sie haben davon gehört?", fragte ich.

„Ist grosses Mysterium, viele sagen, sei nur Legende, existiert nicht. Habe ich einmal gefunden Zitate in andere Werke, aber konnte nicht wissen, ob wirklich wahr oder nur Fälschung. Aber dieses hier, sieht echt aus. Einband ist echte Leder." Während er das sagte, fuhr er vorsichtig mit den Fingern darüber.

„Ich habe es nicht so mit Latein, ich denke, das würde jemand hier übersetzen können. Aber was ist das überhaupt für ein Buch?", fragte ich.

„*De Ritibus Tribuum Arcanorum* bedeutet etwa *Von Ritualen arkaner Zivilisationen*. Es soll beschreiben geheime Rituale, welche von lange vergangenen Völkern wurden praktiziert. Bonifaz Lerchenfeld, berühmte Professor von Universität Thurikon, ich habe gekannt als er war so alt wie ich und ich so jung wie sie, er hat immer behauptet, dass er hat einmal gelesen diese Buch, aber dass es wurde gestohlen wenig später. Er sagte auch, dass es gibt Leute, die im Geheimen noch bis heute durchführen diese Rituale."

„Faszinierend", sagte ich, „aber blättern sie mal etwa hundert Seiten weiter, sehen sie sich das an."

Der Professor nahm vorsichtig ein Bündel von Seiten und blätterte sie um. Ein verschmitztes Lächeln bildete sich in seinem Gesicht ab.

„Wäre auch gewesen zu einfach", sagte er, „ist geschrieben in Geheimschrift, brauchen wahrscheinlich Kodex zum Entziffern."

Ich überlegte, warum der Mann mir wohl dieses Buch gegeben hatte, welches in weiten Teilen gar nicht lesbar war, und ob die Leute, die ihn verfolgten, wohl den geheimen Kulten angehörten, welche diese Rituale praktizierten.

„Professor, meinen sie, sie könnten dieses Buch für mich hier verwahren? Ich glaube, es sind mir schon Leute auf der Spur, aber ich habe sie abschütteln können. Auf dem Zug hierher war ich allein."

„Selbstverständlich, ich werde über Nacht einsperren in Tresor, aber im Gegenzug sie lassen mich bitte Studieren das Buch", sagte Professor Grebenschtschikow. Ich bejahte seine Anfrage mit Selbstverständlichkeit und bedankte mich bei ihm für seine Hilfe. Ich musste mich nun zum Bahnhof sputen, um den letzten Zug zurück noch zu erwischen.

Auf dem Heimweg drehten sich die Geschehnisse dieses seltsamen Tages wirr in meinem Kopf, so sehr, dass ich mich wider bessere Vernunft entschied, noch einen Abstecher zu machen, bevor ich nach Hause ging.

4

Der Klub Eden war nicht weit vom Bahnhof des Sektor Central gelegen, doch inmitten eines wenig einladenden Industriequartiers. Auf den ersten Blick schien es eine zwielichtige Wirtschaft, sie war im Stil eines klassischen Nachtlokals ausgerichtet, wirkte aber eher heruntergekommen als elegant. Es waren übliche Zustände für ein Lokal mit fakultativem Zutritt, doch sowohl Mitarbeiter als auch Gäste waren eigentlich ganz glücklich darüber, dass dieser Ort, der auch abseits des sonstigen Treibens lag, nicht gerade die breite Masse ansprecge.

Dieser Klub war meine übliche Absteige, wenn ich einmal Abwechslung von diesem zugleich grell-bunten, aber auch grau-faden, erdrückenden Alltag suchte. Denn selbst ein Mann des Lernens wie meine Wenigkeit brauchte manchmal eine Ablenkung.

Das Lokal bestand aus einem grossen Saal, finster und vernebelt vom Tabakrauch, in welchem kleine, runde Tische und eklektisch ausgesuchte hölzerne Stühle dich aneinander standen. Auf der linken Seite befand sich der verschnörkelte alte Tresen, dahinter an der Wand die Aufreihung von Spirituosenflaschen in allen nur erdenklichen Grössen, Formen und Farben, die in solch einer Wirtschaft nicht fehlen durften.

Der Kellner erkannte mich sogleich, und führte mich zu einem der wenigen noch freien Tische in der hinteren Ecke, in der Nähe einer kleinen Bühne, neben welcher ein Stehklavier stand. Eine blonde Dame mittleren Alters stand dort im Licht eines einsamen Scheinwerfers und sang, begleitet von den leicht verstimmten Tönen des Klaviers, das Lied „Leben ohne Liebe kannst du nicht":

„Leben ohne Liebe kannst Du nicht,
wenn man auch den Himmel Dir verspricht.
Alles kannst Du haben
und hast doch keine Ruh,
denn ein bisschen Liebe gehört nun mal dazu. "

Ich nippte an einem Whiskey, den mir der Kellner, ohne zu fragen, gebracht hatte, während ich dem süssen Gesang lauschte. Die Stimme dieser Dame war von einer sublimen Schönheit, wie es kaum noch etwas in dieser verkommenen Welt da draussen gab, was dieser Schönheit hätte das Wasser reichen können.

Als sie mit ihrem Lied zu Ende war, erklang ein flüchtiger Applaus und der Scheinwerfer erlosch. Der Pianist spielte eine gedämpfte Jazz-Melodie, die Sängerin schlurfte zu meinem Tisch herüber und setzte sich an den Stuhl mir gegenüber.

„Dass du dich noch hierher traust", sagte sie.

„Wo soll ich denn sonst hin", sagte ich.

Eva war sicher eine ansehnliche Frau, doch nicht eine überwältigende Schönheit von der Art, die jederzeit alle Blicke auf sich zieht, sondern der Art, welche man, wenn man sie einmal wirklich erblickt hatte, nicht mehr vergessen konnte. Wir kannten uns nun schon seit langer Zeit, denn wie es unter den Ausgestossenen dieser Gesellschaft war, fand man sich oftmals auf engem Raum zusammengedrängt.

In diesem Lokal hatten wir uns kennengelernt, waren uns über die Jahre nähergekommen, gingen gar eine Weile miteinander aus. Ob es Liebe war, ist schwer zu sagen, denn so nah wir uns auch waren, so wusste ich die ganze Zeit, dass jemand wie ich, mit einem dubiosen Beruf von unregelmässigem Einkommen, der immerzu mit zwielichtigen Gestalten verkehrte, der im Hinterzimmer seines Geschäftes hauste, nicht der Richtige für sie war. Ich bemerkte mit der Zeit wie, obgleich ich wusste, dass Eva sich zu mir hingezogen fühlte, mein ganzes Leben für sie eine enorme Belastung darstellte. Und einer Person, die ich so sehr schätzte, wollte ich diesen Kummer nicht antun. Und so gingen wir einstmals getrennte Wege, mehr auf mein Drängen statt in gegenseitigem Einverständnis, doch ich wusste, dass zugleich des

Schmerzes dies für sie letztlich doch auch eine Erleichterung gewesen war.

„Heute wieder viele, die auch ihren Kummer ersaufen wollen", sagte Eva, während ihr Blick über das volle Lokal schweifte. Sie fügte schmunzelnd hinzu: „also gut fürs Geschäft. Und bei dir?"

Ich zuckte mit den Schultern. „Wie immer."

Eva warf mir einen mitleidigen Blick zu. „So schlimm?"

„Das Geschäft läuft gerade nicht so, aber die Rechnungen kommen ja trotzdem noch", sagte ich.

„Willst du denn nicht mal überlegen, etwas anderes zu machen?", fragte Eva zögerlich.

„Das hatten wir schon so oft", sagte ich seufzend, „ich bin doch zu nichts anderem zu gebrauchen, nicht mal als Kellner komme ich durch. Putzkraft vielleicht, aber als ob das eine Besserung wäre, davon kann man sich ja auch nicht einmal ein Zimmer leisten. Also was soll's. Aber ich wollte dich nicht mit meinen Sorgen betrüben."

Eva schaute auf ihr leeres Glas und liess den Finger über den Rand laufen.

„Oh nein", sagte sie plötzlich.

„Was ist?", fragte ich.

„Der Dicke", sagte sie nur. Kurz darauf bekam ich einen starken Klaps auf den Rücken, ich drehte mich um und sah diesen korpulenten Mann, schlecht rasiert und immer mit einer Zigarre im Mund.

„Aha, zum Ausgehen reichts wohl doch noch", sagte er, „aber nicht um die Schulden zu bezahlen."

„Ich weiss doch", sagte ich kleinlaut, „aber das Geschäft und so, sie wissen ja…"

Der Dicke griff mich am Hemdkragen und rüttelte mich hin und her.

„Ich habe deine Ausreden langsam satt, die Kohle ist überfällig", sagte er zähneknirschend.

„Dann brechen sie mir halt alle Knochen, was solls, davon wird's auch nicht besser", antwortete ich verärgert. Der Dicke liess mich los und paffte an seiner Zigarre. Das war wohl nicht die Antwort, die er erwartet hatte.

„Lass doch gut sein", sagte nun Eva zum Dicken, „kommt es wirklich auf das bisschen Geld drauf an?"

„Es kommt in der Tat darauf an", sagte der Dicke, „ich bin hier nicht die Wohlfahrt für irgendwelche mittellosen Ramschhändler."

„Hattest du nicht gesagt, du suchst noch jemand, für einen Auftrag?", warf Eva ein.

„Ja… das stimmt allerdings", sagte der Dicke gerissen, „eigentlich keine schlechte Idee, du wirst einfach etwas für mich machen um deine Schulden zu begleichen. Komm mal mit." Er deutete an, dass ich ihn ins Hinterzimmer begleiten sollte. Ich schaute kurz zu Eva hinüber, sie zuckte aber nur mit den Schultern. Ich stand zögerlich auf und lief dem Dicken nach.

Er führte mich in das Hinterzimmer, ein dunkler Lagerraum, in dessen Mitte unter der einzigen Lampe ein runder Tisch stand, an welchem vier rauchende Männer sassen und Poker spielten. Der Anblick war wenig überraschend, denn ich wusste ja, dass der Klub Eden einige fragwürdige Typen beheimatete, nicht, dass mich das jemals interessiert oder gestört hätte. Letzten Endes waren in den Augen unserer Despoten alle Leute, die Lokale von fakultativem Zutritt besuchten, wenig mehr als soziale Schädlinge, die lediglich toleriert wurden. Das liess die Grenzen zum tatsächlichen Verbrechen natürlich merkbar verschwimmen.

Nichtsdestotrotz ich hatte nie die Absicht gehabt, mich mit diesen Ganoven einzulassen, welche vollwertig im organisierten Verbrechen tätig waren, im Gegensatz zu mir, der ich lediglich einen, sagen wir, nicht immer ganz rechtlich sanktionierten Handel trieb (und diesen auch nicht vollends versteuerte). Doch meine jetzige Situation war tatsächlich schon so kritisch, dass mir kaum eine andere Wahl blieb, wenn ich aus den Fängen meiner Schuldenlast wieder hinausfinden wollte.

„Ich habe nämlich am anderen Tag mit Eva darüber gesprochen, dass ich noch jemanden brauche, und so wie sie dich beschrieben hat, bist du genau der Richtige. Du weisst schon, viel Köpfchen, wenig Skrupel. Wichtig ist vor allem, dass du vertrauenswürdig bist. Wir können nämlich Leute, die sich nachher hinter unserem Rücken über unsere Geschäfte das Maul zerreissen überhaupt nicht leiden. Fritzi, was machen wir mit Leuten, die zu viel herumplappern?"

Der Dicke schaute zu einem der anderen, die dort sassen, ein schlaksiger Mann, der ein abgenutztes beiges Jackett trug und dessen Augen vom Schatten seines Hutes verdunkelt waren. Dieser holte, ohne ein Wort zu sagen, ein Messer hervor und schoss es auf eine Dart-Zielscheibe, die an der Wand hing, sodass es darin stecken blieb. Ich sah mir diese kleine Vorführung unbeeindruckt an.

„Diskretion ist mein Brotverdienst", sagte ich, „mit Messern und Fäusten habe ich es nicht ganz so."

„Dafür habe *ich* ja schon die geeigneten Leute. Du wirst stattdessen zusehen, dass der Auftrag richtig ausgeführt wird. Dass die richtigen Leute abgestochen werden, nicht wie… *letztes Mal*." Er schaute auf den Mann mit dem Messer, welcher seinem Blick auswich. „Und wenn das erledigt ist, dann lassen wir das mit den Schulden gut sein. Hör zu, weil du mir sympathisch bist, springt sogar noch etwas extra für dich heraus."

Der Dicke wedelte mit einer Bezahlkarte vor mir, die ich sogleich an mich nahm, was auch bedeutete, dass ich mich auf diesen Auftrag einlassen würde. Was auch immer es sein sollte, es klang nicht nach einer sehr erfreulichen Arbeit, aber den Ausblick, meine Schulden zu tilgen, schätzte ich dann doch gewichtiger als meine sonstigen Bedenken.

Ich seufzte und sagte: „Also gut, mir bleibt ja kaum eine Wahl. Worum geht es?"

„Es ist ganz einfach, du wirst Fritzi hier begleiten und das machen, was er dir sagt. Es gibt da jemanden, der uns noch etwas schuldig ist, und das werdet ihr von ihm eintreiben. Und du wirst dabei Fritzi den Rücken freihalten."

„Das ist alles?", fragte ich.

„Das ist alles", sagte der Dicke mit gespielter Süsslichkeit in der Stimme. „Du wartest einfach auf die Ansage, wann es losgeht. Also bleib zu jeder Zeit erreichbar."

„In Ordnung", seufzte ich.

„Und nicht vergessen, Diskretion ist das Wichtigste. Du warst nicht hier, du kennst uns nicht, all das existiert gar nicht", sagte der Dicke mit einem schmierigen Lächeln. Ich nickte, er kniff mir unangenehm in die Wange. Dann schob er mich zu Tür, als dass ich wieder in den Saal hinausginge.

Eva sass noch immer am selben Tisch. Ich setzte mich zu ihr, und trank den Rest meines Whiskeys aus. Dann erklärte ich ihr, was passiert war.

„Da ist doch ein Haken bei der Sache", sagte sie. Ich schaute sie an und zuckte mit den Schultern.

„Wahrscheinlich schon", sagte ich.

„Halt einfach den Kopf unten und tu, was sie dir sagen. Das wird schon", sagte sie in einem vergeblichen Versuch, mich zu ermuntern. Kein besonders nützlicher Rat, dachte ich.

„Hast du mir nicht immer gesagt, ich soll mich mit denen gar nicht erst einlassen?", fragte ich.

„Es sind seltsame Zeiten", antwortete Eva, „was ist schon richtig und falsch? Tun wir überhaupt das Richtige, wenn wir uns in dieser Spelunke rumtreiben? Dann ist es vielleicht auch nicht so falsch, wenn du dich dieses eine Mal mit dem Dicken einlässt."

5

Es überraschte mich, als am nächsten Tag frühmorgens jemand an die Tür meines kleinen Ladens klopfte. Ich war kaum erst wach geworden, warf mir also einen Bademantel über und lief zur Tür, an welcher erneut geklopft wurde.

„Es hat sonst auch eine Türklingel, verdammt", sagte ich, als ich die Tür öffnete. Vor mir stand Fritzi, der mir am Tag zuvor im Klub Eden vorgestellt worden war. Er schubste mich zur Seite und trat ein.

„Mach dich mal zügig bereit", sagte er prompt, „wir müssen gleich los."

Ich gehorchte, und als ich fertig gekleidet aus meinem Zimmer kam, fand ich Fritzi am Bürotisch sitzend mit irgendwelchen Utensilien vor ihm.

„Komm her, setz' dich mal", sagte er. „Schau her, diese lustige kleine Erfindung."

Er zeigte mir einen durchsichtigen Plastikaufkleber, etwa halb so gross wie eine Kreditkarte. In der Mitte hatte der Aufkleber ein kleines, schwarzes Objekt.

„Was ist das?", fragte ich.

„Hier drin ist ein Chip eingesetzt. Mit dem Aufkleber macht man das auf den Handrücken, es simuliert ein MILcom-Implantat. Und schon kommt man bei der Chip-Prüfung durch, als wäre man einer von denen da." Er schaute verächtlich durch das Fenster auf die Strasse, als er letzteres sagte.

Ich nahm einen dieser Aufkleber in die Hand und fuhr mit den Fingern darüber.

„Fällt das nicht auf, dass da etwas auf die Hand geklebt ist?", fragte ich.

„Tja, dann schau mal her." Fritzi zog den Schutzfilm von der Unterseite des Aufklebers ab und befestigte diesen vorsichtig auf dem

Handrücken seiner rechten Hand, sodass keine Falten entstünden. Der Aufkleber war allerdings gut an der glänzenden Plastiktextur zu erkennen. Nun aber öffnete Fritzi eine kleine, flache Metallbüchse, in welcher auf einer Seite ein Schminkpinsel an einem Gummiband befestigt war, und auf der anderen Seite hautfarbene Schminke. Er nahm etwas dieser Farbe auf den Pinsel und zog diesen dann einige Male über den Aufkleber. Auf fast schon wundersame Weise verschmolz dieser Aufkleber mit der Haut. Er war jetzt fast unmöglich zu erkennen, auf den ersten Blick würde niemandem etwas auffallen.

„Das ist ja grossartig", sagte ich verblüfft.

„Hier, mach du auch einen drauf", sagte Fritzi und schob mir einen Aufkleber und die Schminkbüchse rüber. Vorsichtig machte ich nach, was er mir gezeigt hatte, und wenig später hatte ich ebenfalls diesen unerkennbaren Aufkleber auf der Hand befestigt.

„Wozu brauchen wir das eigentlich?", fragte ich anschliessend.

„Wir müssen in den Ludoval-Sektor."

„Den Ludoval-Sektor?", fragte ich aufgebracht. Der Ludoval-Sektor war die Bezeichnung für eine Region in den Bergen, welche für Ferien und Freizeit ausgerichtet war, im Grunde ein enormer Vergnügungspark. Diese ganze Region war nur für Träger der MILcom-Chips zugänglich, hierfür gab es Kontrollen an den Zufahrtsstrassen und in den Bahnen.

„Genau da hockt dieses Schwein und meint, wir würden nicht an ihn rankommen, wenn er sich in seine Berghütte verzieht. Der wird Augen machen, wenn wir da aufkreuzen", erklärte Fritzi.

„Was ist es eigentlich, was dieser Kerl euch schuldet? Geld?", fragte ich.

„Nicht ganz, aber darüber hast du dir jetzt keine Gedanken zu machen. Wie der Chef schon gesagt hat, du machst einfach, was ich dir sage."

Ich nickte und beliess es dabei, ich wollte mir keinen Ärger suchen und gehorchte einfach, wie es abgemacht war. Dafür sollte ich letztlich auch bezahlt werden.

Wir nahmen unterschiedliche Züge, um weniger auffällig zu sein, und würden uns im Feriendorf „Edelweiss" treffen. Im Ludoval-Sektor gab es eine ganze Reihe an solchen Feriendörfern, grösstenteils nach zentraler Planung entstanden, welche alle erdenklichen Dienstleistungen für die Ferienzeit boten. Sie hatten unterschiedliche Ausrichtungen, für Familien, für die Party-Szene, für Wintersport, usw.. Das Feriendorf „Edelweiss" war für ein eher luxuriöses Angebot bekannt, was wohl zu jemandem passte, der Ärger mit dem organisierten Verbrechen am Hals hatte.

In den Ludoval-Sektor fuhren besondere Züge, welche auffällig rot und weiss lackiert und bequemer ausgestattet waren als die sonstigen. Für mich gab es noch keine MILcom-Kontrolle, doch auch hier hatte die neue Stufe der gesellschaftlichen Abgrenzung Einzug gehalten: Die speziellen „NEX-Wagen", welche mit noch mehr Komfort angepriesen wurden, waren nur mit dem MILcom NEX-Implantat zugänglich, und entsprechend ziemlich leer. Zwei uniformierte Kontrolleurinnen standen gelangweilt beim Eingang zu jenen NEX-Wagen, in welche fast niemand einstieg. Ich sah nur vier Personen darin, von welchen eine reglos in einem Rollstuhl sass, mit einem Tropf daneben. Ein befremdlicher Anblick.

Mit leichtem Unbehagen, mich auf einen Weg zu begeben, der für Aussteiger aus der Massengesellschaft, wie ich einer war, eigentlich nicht zugänglich sein sollte, löste ich also an einem ebenfalls rot lackierten Automaten ein Billett bis zum Feriendorf „Edelweiss" und bestieg anschliessend den Ferienzug, in welchem ich sogleich auf einem der weichen Polstersessel Platz nahm.

Nach wenigen Stunden Fahrt erreichten wir den Ludoval-Zentralbahnhof, wo die MILcom-Kontrolle durchgeführt werden sollte, bevor die Besucher in ihre jeweiligen Feriendörfer aufbrachen. Der Bahnsteig befand sich direkt neben dem Durchgang der Kontrollen, welcher aus etwa einem Dutzend mit einfachen Metallgeländer getrennten Bahnen bestand, welche von einer Marquise bedeckt waren und an welchen jeweils ein Kontrolleur stand.

Auch hier gab es einen separaten MILcom-NEX Zugang, bei weitem angenehmer gestaltet als der normale Zugang. Eine Glastür führte in einen einladend eingerichteten Raum, in welchem die aufwendigen Geräte für den Netzhaut-Scan standen. Auch hier war der MILcom-NEX Zugang spärlich besucht, ich sah jedoch, wie die scheinbar katatonische Person im Rollstuhl dort hinein gekarrt wurde.

Die Masse reihte sich derweil in eine grosse Schlange ein, um dann ihre MILcom-Chips vorzuzeigen. Trotz der Menschenmenge ging es recht zügig, die Kontrolleure fuhren mit einem Lesegerät, welches einem Metalldetektor ähnelte, über den Handrücken der Person, und kurz darauf erklang ein Piepen und ein grünes Licht leuchtete auf.

Ich wurde zunehmend nervös, wie ich mich der Kontrolle näherte. Würde diese Erfindung, die Fritzi mir vorgeführt hatte, wirklich funktionieren? Und wenn nicht, was würde mit mir geschehen? Ich hätte eigentlich gar nicht in den roten Zug einsteigen dürfen. Ich blickte auf den Handrücken meiner rechten Hand, die Schminke, welche den Aufkleber verdeckte, schien mir jetzt völlig offensichtlich, ein regelrecht lachhafter Betrugsversuch.

Nun war ich an der Reihe. Wie ich es bei den Leuten vor mir beobachtet hatte, hielt ich den Handrücken hin und der Kontrolleur fuhr mit dem Lesegerät darüber. Ein Brummton erklang, die rote Lampe leuchtete. Mir fuhr das Herz in die Hose. Doch entgegen meinen Erwartungen klopfte der Kontrolleur bloss an sein Lesegerät und murmelte etwas davon, dass das Teil schon wieder Ärger machte. Er versuchte es erneut, und wieder kam der Brummton und die rote Leuchte. Schliesslich schickte er mich zu seinem Kollegen nebenan und sperrte seine Bahn mit einer Kette ab.

Erneut fuhr nun dieser andere Kontrolleur mit seinem Lesegerät über meinen Handrücken, und diesmal erklang tatsächlich das Piepen und das grüne Lämpchen leuchtete. Mir fiel ein Stein vom Herzen, als ich schliesslich durchgewunken wurde.

Auf der anderen Seite fand ich einen grossen Vorplatz vor, in dessen Mitte ein grosser Plan des Ludoval-Sektors aufgestellt war. Darunter war verzeichnet, wie die unterschiedlichen Orte zu erreichen waren. Um den Platz herum waren Eingänge zu verschiedenen Bahn- und Busstationen, von welchen aus die verschiedenen Feriendörfer und sonstige Ortschaften zu erreichen waren.

Um in das Feriendorf „Edelweiss" zu kommen, musste ich einen weiteren Zug nehmen, welcher von der Bahnstation Ost aus fuhr. Dies war ein grauer Betonklotz zu meiner Rechten, auf welchem nur die verwitterte Aufschrift „Bahnstation Ost" zu sehen war.

Nach etwa einer Stunde Fahrt erreichte ich schliesslich mein Ziel, das Feriendorf „Edelweiss", welches an der Stelle einer Ortschaft, die einstmals als St. Moritz bekannt gewesen war, stand.

Ich lief den Weg von der Bahnstation bis zum Dorf hinauf, durch eine Strasse, die gesäumt war von grossen Hoteltürmen und massiven Einkaufszentren. Je mehr ich mich dem Dorfkern näherte, umso mehr Leute waren auf der Strasse, manche trugen teure Gerätschaften für den Wintersport mit sich, andere wiederum kamen mit zahlreichen Einkaufstaschen in den Händen aus den prätentiös eingerichteten Geschäften. Dieser ganze Ort existierte lediglich für den Hedonismus niederster Art und strahlte eine grässliche Dekadenz aus, die fast schon wieder faszinierend wirkte.

Ich erreichte den Dorfkern, welcher in der Form einer Karikatur eines Bergdorfes konzipiert war. Lächerliche Fassaden, welche Fachwerkhäuser und Bergchalets imitierten, umzingelten die Strassen und Plätze, hinter ihnen erhoben sich Hochhäuser, welche die Wohnungen und Unterkünfte beherbergten, in denen die Besucher nisteten.

Mein Ziel lag allerdings jenseits von alledem, in einem Quartier, welches unweit jener abstossenden Dorfmitte erhoben auf einem Hügel lag, und durch seine Lage sowie die schmalen, labyrinthartigen Wege und die üppige Vegetation ziemlich abgeschieden war. Dieser war der exklusivste Teil vom Feriendorf Edelweiss, eine beschauliche Blase abseits des Trubels und der Menschenmassen. Hochmoderne Villen verbargen sich zwischen den künstlich bewaldeten Anhöhen, zumeist mit grossen gläsernen Fassaden, welche die privilegierte Position nutzten, um eine malerische Aussicht auf die Berglandschaft zu bieten.

Fritzi wartete hier bereits auf mich.

6

„Da bist du ja endlich", sagte Fritzi, als er mich ankommen sah. Er kaute auf einem Zahnstocher herum, der ihm aus dem Mundwinkel ragte.

„Bin ich spät?", fragte ich.

„Passt schon. Wir müssen erst einmal warten, bis es dunkel ist. Ich würde dir eine Zigarette anbieten, aber die Bastarde haben sie mir weggenommen. 'Ab hier ist rauchfreie Zone', hat mir dieser Trottel gesagt. Aber du kannst dich schonmal nützlich machen. Lauf mal an dem Haus da vorbei und wirf einen Blick rein, da sollte der Typ sein, den wir suchen. Dich wird er nicht erkennen, tu einfach so, als würdest du hier entlangspazieren."

Fritzi deutete auf eine dieser modernen Villen, einige hundert Meter entfernt, welche zwischen dem Hügel und den Bäumen allerdings von unserer Position aus kaum zu erkennen war. Ich folgte der Anweisung und lief gemächlich den Weg entlang, bis ich in die unmittelbare Nähe jenes Hauses kam. Beim Vorbeilaufen versuchte ich, durch die grossen Fenster hineinzuschauen, doch die Vorhänge waren gezogen und ich konnte kaum etwas erkennen. Bloss an einer Seite war der Vorhang einen Spalt offen und ich konnte einen Blick ergattern. Das minimalistisch eingerichtete Wohnzimmer erschien mir erst wie ein unbewohntes Stillleben, in seiner scheinbar unberührten Ordnung machte es den Eindruck eines Vorführraumes in einem Möbelgeschäft. Dann aber erkannte ich eine Figur, die sich weiter hinten im Haus bewegte. Es war ein Mann, ich konnte ihn nicht genau erkennen, er lief immer wieder eilig hin und her, schaute in Schränke und Regale, als würde er etwas suchen. Als er in Richtung des Wohnzimmers kam, lief ich weiter, als dass er nicht auf mich aufmerksam werde.

Ich lief um den Hügel herum wieder zurück zu Fritzi und berichtete ihm, was ich gesehen hatte. Er war zufrieden, der Mann, den er suchte, war also am erwarteten Ort. Wir standen eine Weile herum, während wir auf die Dämmerung warteten.

„Machst du so was öfter?", fragte ich nach einer Weile, um die unangenehme Stille zu durchbrechen.

„Hin und wieder schon, ja", antwortete Fritzi, von meiner Frage etwas überrascht. Kurz darauf fuhr er fort: „Was soll ich sagen, es ist ein Lebensunterhalt. Ich kann mir vorstellen, was du gerade denkst, aber manchmal ist es halt so, dass man sich in einer Situation wiederfindet, in der es keinen wirklichen Ausweg gibt, oder zumindest keinen, den man sich selber erlauben will."

„Was meinst du mit ‚sich selber erlauben'?"

„Wir haben doch alle unseren Stolz. Oder zumindest will ich das manchmal denken. Sieh dir die Hierarchie an", sagte Fritzi.

„Du meinst bei euch in der Organisation?", fragte ich.

„Nein, ich meine – so überhaupt, im Umgang zwischen den Menschen. Man kann sonst was über Gleichheit erzählen, aber jede Gesellschaft wird doch immer eine Hierarchie haben. Die einen sind oben, die haben Macht, Geld, Einfluss; und die anderen versuchen sich bei denen einzuschleimen, ein paar Krümel abzubekommen. Du siehst die dann, wie sie diesen Leuten an den Fersen kleben, die kleinen Speichellecker. Und die von oben, die geilen sich doch daran auf, wenn sie sich etwas Besseres meinen können, wenn sie von ihren erbärmlichen kleinen Untertanen umgeben sind. Aber weisst du was, die mussten auch mal jemandem in den Arsch kriechen; ich glaube, deshalb sind diese Leute so kaputt. Sie haben sich selber brechen müssen, um dorthin zu gelangen, wo sie heute sind.

Jetzt stolzieren sie blasiert herum, schauen auf alle anderen herab, das ist ja das Einzige, was sie davon haben, ihre Seele verkauft zu haben. Und letztendlich sind sie trotzdem nie ganz oben. Sie müssen selbst immerzu andere hofieren, und die wiederum andere, und so immer weiter nach oben. Man fängt einmal damit an, und kommt davon nie weg. Was bleibt denen denn noch, ausser dann nach denen zu treten, die in der Hierarchie weiter unten sind? Ich werde nicht lügen, ich wollte auch einmal etwas aus mir machen, auch einmal auf andere herunterblicken, als wären sie weniger Wert als ich, aber ich konnte es einfach nicht durchziehen. Es braucht eine besondere Fähigkeit, Tag

ein und Tag aus diese Maske zu tragen, irgendeinem solchen Wichtig-
tuer wie ein Schosshündchen hinterherzulaufen, ihm für jeden Blödsinn, den er sagt, zu gratulieren, damit er dir dann im Gegenzug ins
Gesicht spuckt. Hast du auch eine solch noble Ambition?"

Ich war auf diese Frage nicht wirklich gefasst und versuchte ange-
messene Worte zu finden.

„Ich weiss nicht, ja, nein… Wollen wir es nicht alle zu etwas bringen? Es liegt ja wohl in unserer Natur."

„Ich sag' dir aber, was diese Leute fertig macht: Wenn man ihnen
nicht diese Untergebenheit erbringt. Das macht sie völlig wahnsinnig.
Und irgendwann habe ich gemerkt, dass mich das weitaus mehr be-
friedigt. Du musst nämlich eines bedenken: Woraus besteht schon die
Position, der Einfluss oder gar die Macht, die jemand hat? Nur daraus,
dass andere sich daran halten. Und viele halten sich nur daran, weil sie
meinen, dass genug andere sich auch daran halten werden und es ihnen selbst an den Kragen geht, wenn sie es nicht täten. Du kannst der
König und der Kaiser von Taka-Tuka-Land oder sonst wo sein, wenn
du hier ankommst und niemand das berücksichtigt, was bist du dann?
Ein Niemand bist du, genau wie alle anderen. Wenn du Befehle gibst,
und keiner führt sie aus? Du hast es doch gesehen in den letzten Jahren, wie viele Gesetze hatten wir, die diese Zustände hätten verhindern
sollen? Aber niemand hat sich mehr daran gehalten, kein Richter, kein
Wachtmeister. Man war sich auf etwas Höheres einig, was nirgendwo
niedergeschrieben war. ‚Der Schlaf der Vernunft gebiert Ungeheuer'."

Ich hatte Fritzi bisher eigentlich nur als groben Schlägertyp wahrge-
nommen, nun aber tat sich mir hinter dieser Fassade ein Mensch auf,
eine sensible Seele, mit dem Frust und der Trauer, die zu einer solchen
gehörten. Derweil war es bereits Abend geworden.

„Also, gehen wir", sagte Fritzi plötzlich und lief los, ich ihm hinterher. Er erklärte mir das Vorgehen, während wir zur Villa liefen: „Es ist
ganz einfach. Du schleichst dich zur Vordertür und hältst diese geschlossen. Ich komme dann von hinten rein."

„Und ich soll ihn dann abfangen, wenn er durch die Vordertür fliehen will, richtig?", fragte ich.

„Falsch. Denn dann rennt er doch gleich durchs Fenster weg, oder
schlimmer noch, er nimmt sich irgendeine Waffe. Du hältst einfach die

Tür fest, dass er sie nicht aufbekommt. Das wird er nicht erwarten, und bis er merkt, was vorgeht, habe ich ihn von hinten eingeholt."

Ich nickte gehorsam. Kurz darauf setzte mich vom Gehweg ab und schlich durch das Gebüsch bis zur Vordertür. Ich griff mir den Knauf und zog ihn mit aller Kraft zu mir, sodass die Tür nicht nach innen hin geöffnet werden könne. Ich winkte Fritzi zu, dass es losgehen konnte. Er lief nun zur Hinterseite des Hauses, in einem grossen Bogen, sodass er nicht durch die grossen Fenster erspäht würde.

Einige Augenblicke lang bekam ich nichts mehr mit, bis ich plötzlich von innen einen Krawall hörte. Erst einige Rufe, dann laute Schritte in meine Richtung. Ich hielt den Knauf der Tür mit aller Kraft fest. Kurz darauf merkte ich den Versuch, die Tür zu öffnen, doch ich liess nicht nach. Einige Male zog der Mann an der Tür, dann hörte ich wie Fritzi sich von hinten auf ihn stürzte und gegen die Tür presste. Einige Male knallten sie gegen die Tür, dann war Ruhe.

„Jetzt ist gut", hörte ich Fritzi sagen. Ich liess die Tür los, und sie wurde geöffnet. Drinnen hatte mein Komplize diesen Mann mit Kabelbinden an Händen gefesselt. Er lag bäuchlings auf dem Boden wie eine gejagte Wildsau. Er war ein unscheinbarer Mann, wohl kaum älter als fünfzig Jahre, schmächtig und kleinwüchsig, mit einer Glatze, die von wenigen grauen Haaren gesäumt war. Seine feine Kleidung deutete darauf hin, dass er an diesem Abend noch ausgehen wollte. Er beklagte sich nicht mehr seiner Situation, sondern wendete seinen Blick voller Ekel von uns ab.

„Hilf mir ihn da rüber zu tragen", sagte Fritzi und deutete auf einen Stuhl im Wohnzimmer. „Aber schau erst, dass die Vorhänge richtig geschlossen sind."

Ich lief hastig in die Stube und zog die Vorhänge ganz zu, dass nicht einmal ein Spalt bliebe, durch den man hineinschauen konnte. Dann half ich Fritzi, den zappelnden Mann auf einen Stuhl zu setzen. Fritzi griff sich einen weiteren Stuhl und setzte sich mit der Lehne vor sich darauf. Er ruhte die Arme auf der Lehne und legte den Kopf drauf, um dann diesen Mann hämisch anzustarren.

„Er meinte halt wirklich, wir würden ihn hier nicht aufsuchen", sagte Fritzi, „er meinte, er kann uns einfach übers Ohr hauen und sich dann hier auf die faule Haut legen."

Der Mann sagte weiterhin nichts, er mied lediglich Fritzis Blick. Einen kurzen Moment lang schaute er zu mir hinüber, dann wandte er sich auch von mir ab.

„Also, raus mit der Sprache", rief Fritzi plötzlich laut und wütend, „wo ist das Buch?"

Hatte er gerade „Buch" gesagt? War all dies wegen eines Buches?

„Leck mich", sagte der Mann nur. Fritzi verpasste ihm hierfür eine saftige Ohrfeige, dass er fast vom Stuhl fiel. „Gar nichts werde ich dir sagen, du Drecksack", warf der Mann hinterher.

„Du", rief Fritzi mir abfällig zu, „mach dich mal nützlich. Während ich diese kleine Ratte bearbeite, stellst du die Bude auf den Kopf und suchst ein Buch."

„Was soll das für ein Buch sein?", fragte ich.

„Ein altes Buch, so richtig alt. Der Titel ist auf Latein oder so was. Wenn du es siehst, wirst du sofort wissen, dass es das ist."

Die Beschreibung, so spärlich sie auch war, beschwor vor meinem geistigen Auge sofort das Bild jenes Buches, welches ich einige Tage zu vor von einem geheimnisvollen Mann bekommen hatte und anschliessend bei Professor Grebenschtschikow in der Universität Thurikon untergebracht hatte. So bizarr es auch war, schien es mir unmöglich, dass all dies nur ein Zufall sei. Doch warum, wenn dieser Mann das Buch gar nicht mehr hatte, sagte er es nicht? War er vielleicht bereit, sich selber dafür hinzugeben, dass es nicht gefunden werde?

Ich gehorchte vorerst, und begann das Haus abzusuchen. Die Einrichtung war allerdings spärlich, es gab gar nicht so viele Orte, wo ich danach suchen konnte. Ich klapperte alle Schränke und Regale in den zwei Schlafzimmern und dem Arbeitszimmer im oberen Stock ab. Dann suchte ich in der Küche und dem Esszimmer im Erdgeschoss. Derweil hörte ich immer wieder, wie Fritzi offenbar diesen Mann verprügelte.

„Nichts", sagte ich zu Fritzi, als ich wieder im Wohnzimmer ankam. Der Mann war inzwischen grün und blau im Gesicht, seine Nase blutete und die Unterlippe war aufgeplatzt.

„Verdammt, wo ist es?", schrie er den Mann an und verpasste ihm eine Faust in den Bauch. Doch er sagte nichts.

„Such weiter, hast du im Keller geschaut?", schrie Fritzi mich wütend an.

Ich lief schnurstracks zur Tür unter der Treppe, von welcher ich annahm, dass sie in den Keller führte. Dieser war klein und roch modrig. Viel gab es hier unten allerdings auch nicht, im Licht einer nackten Glühbirne, die von der Decke hing, sah ich einige Reinigungsutensilien, eine Skiausrüstung, und einen alten Holztisch. Das Objekt, was auf diesem Tisch stand, lenkte allerdings meine Aufmerksamkeit auf sich. Es sah aus wie eine schwarze Schachtel oder Kiste, allerdings war es ein scheinbar perfekter Kubus, mit einer glänzenden Textur, die den Anschein von dunklem Metall machte. Ich nährte mich diesem Gegenstand, um ihn genauer zu betrachten. Ich erkannte daran keine wirkliche Öffnung oder Fuge. Ich fuhr mit den Händen darüber, um zu fühlen, ob man dieses Quadrat irgendwie öffnen konnte. Tatsächlich konnte ich ertasten, dass der obere Teil ein Deckel war, der sich aufklappen liess. Vorsichtig versuchte ich ihn anzuheben, um zu sehen, ob er verschlossen war. Doch er liess sich problemlos öffnen. Schliesslich klappte ich ihn gänzlich auf, er blieb senkrecht stehen. Das Innere dieser Schachtel schien aus demselben Material zu sein, wie das Äussere, obgleich in einer etwas helleren grauen Farbe.

Doch ich hatte kaum Zeit, diesen Gegenstand genauer zu betrachten, denn praktisch genau gleichzeitig, wie ich den Deckel geöffnet hatte, hörte ich einen grauenvollen Schrei, welcher um mich herum hallte und mir durch Mark und Bein ging. Obgleich ich nicht bemerken konnte, woher dieser Schrei gekommen war, nahm ich an, dass er womöglich im Erdgeschoss der Villa seinen Ursprung hatte und lief sofort nach oben. Ich kam in das Wohnzimmer und fand dieses leer vor. Der Stuhl, auf welchem zuvor der Mann sass, den wir hier heimgesucht hatten, lag umgekippt auf dem Boden, die Kabelbinden, mit welchem Fritzi ihm die Hände und Füsse verbunden hatte, lagen daneben. Weder waren sie durchschnitten, noch hatte man sie sonst wie gelöst.

Fritzis Stuhl lag ebenfalls auf dem Boden, die Lehne war, wohl durch den Sturz, an einer Stelle leicht zersplittert. Daneben konnte ich einige rötliche Spuren erkennen, welche auf dem Boden verschmiert waren. Blut, dachte ich, doch es war eindeutig zu wenig, als dass hier soeben ein Gewaltverbrechen stattgefunden hätte. Zudem war ich ja nur einen kurzen Augenblick weg gewesen. Als mein Blick etwas weiter wanderte, bemerkte ich, dass eine der grossen, gläsernen Schiebetüren offen war. Jedoch wehte auch nicht nur ein Lüftchen, und von draussen war kein Geräusch zu hören. Von den beiden Männern fehlte jede Spur.

Der Anblick wurde mir mit jeder Sekunde unheimlicher. Das plötzliche Verschwinden von Fritzi und dem anderen, die umgekippten Stühle, die Schmierereien am Boden, die Totenstille draussen. Mein Herz begann zu rasen, irgendetwas war faul hier und ich hatte wenig Lust herauszufinden, was es genau war. Ohne etwas anzurühren, schlich ich mich aus dem Haus und lief so leise ich konnte durch die stille Dunkelheit des Parks. Selbst meine Atmung versuchte ich so sehr wie möglich zurückzuhalten, als meinte ich, dass gar dieses Geräusch jene Präsenz stören könnte, welche für das Verschwinden der zwei Männer verantwortlich war.

Als ich die belebten Strassen im Zentrum des Dorfes erreichte, beruhigte mich das Treiben dort, ich hatte wieder das Gefühl in die Realität zurückgekehrt zu sein. Nichtsdestotrotz wollte ich noch immer von diesem schicksalhaften Ort fliehen. Ich lief durch das ganze Dorf, die Hauptstrasse entlang bis in das Tal hinunter zum Bahnhof. Ich stieg in den ersten Zug, der mich von hier wegbringen würde. Noch am selben Abend reiste ich zurück zum Sektor Central der Nova Raetia.

7

Als ich zu meinem Geschäft zurückkehrte, fiel mir sofort auf, dass die Tür entriegelt war. Ich ahnte böses, und als ich eintrat, fand ich alles durchwühlt vor. Alle Schränke waren geöffnet worden und die Inhalte ausgeleert, aus den Regalen war alles ausgeräumt und auf dem Boden verstreut. Ich wusste sofort, dass nichts wichtiges fehlen würde, dass das Einzige, was man gesucht hatte, hier nicht zu finden war. Als ich die Unordnung einräumte, wurde mein Verdacht bestätigt. Seltsam, dachte ich, nie zuvor hatte irgendein anderes Objekt etwas dergleichen ausgelöst.

Die folgenden Tage verschanzte ich mich praktisch in meinem kleinen Laden, verliess ihn nur für das Nötigste. Ich liess einen vertrauenswürdigen Schlosser vorbeikommen, damit er das alte Türschloss durch ein neues austausche, welches hoffentlich mehr Sicherheit vor weiteren Einbrüchen bot. Hiernach war ich etwas ruhiger, doch weiterhin verfolgte mich immerzu das Bild dieses unheimlichen Stilllebens in jener Villa, und das Geräusch von diesem Schrei, den ich gehört hatte, von dem ich immer mehr zweifelte, ob ich ihn tatsächlich gehört oder mir nur eingebildet hatte.

So sehr versuchte ich mich mit dem Alltäglichen abzulenken, dass ich sogar meiner ursprünglichen Arbeit als Antiquar wieder nachging und sogar einige, wenn auch sehr vereinzelte, gute Geschäfte abschliessen konnte. Doch diese Rückkehr zu meiner einstigen Tätigkeit nahm bald schon ein jähes Ende, als ich ein völlig unerwartetes Telefonat von Professor Grebenschtschikow erhielt. In seinem gebrochenen Deutsch bat er mich, auf einen Kaffee in die Universität Thurikon zu kommen. Angesichts meines paranoiden Zustandes und dem laufenden Geschäft hatte ich wenig Lust, einen solchen Ausflug zu unternehmen, und verneinte wieder und wieder, doch der Professor liess nicht locker, bis ich nach gut zwanzig Minuten Telefongespräch schliesslich einwilligte, nur um endlich den Hörer auflegen und mich dem Kunden widmen zu können, der an der Tür klingelte.

Kundschaft war wertvoll, denn über die letzte Zeit war sie zunehmend rar geworden, was weniger an meinen häufigen Abwesenheiten lag, sondern an einer sich seit längerem langsam aber konstant verschlechternden Wirtschaftslage. Kürzlich erst war es bei der Nationalen Handelsbank zu Zahlungsausfällen gekommen, deren praktische Auswirkungen sich zwar in Grenzen hielten, aber die ohnehin angespannte Stimmung in der Bevölkerung weiterhin angeheizt hatte.

Ich erwartete dennoch nichts weiter, ausser dass sich das alltägliche Geschimpfe verstärken würde, zumal auch in den Medien jegliche Berichterstattung diese Geschehnisse sorgfältig runterspielte. Es war eher das Gegenteil, dass die Regierung diese Zustände als nützlichen Anlass sah, um Überwachung und Repression zu verstärken. Vor allem bei den Bankfilialen waren nun zumeist einige Polizisten in schwerer Ausrüstung postiert, welche jeden noch so kleineren Auflauf sofort auflösten. Für mein eigenes elendiges Dasein änderte das ganze allerdings nichts, da ich mich schon lange an das Überleben in einer feindseligen Umgebung angepasst hatte, so wie auch die Pallaskatze an das Leben in der kargen, felsigen Steppe angepasst war.

Am Tag nach meinem Telefonat mit Professor Grebenschtschikow schloss ich am Morgen die Tür ab und hing ein Schild unten an den Fernsprecher, dass das Geschäft heute geschlossen blieb. Dann machte ich mich auf dem Weg zum Bahnhof für die langwierige Reise nach Thurikon. Als ich im Bahnhof Sektor Nord-1 in die Thurtalbahn mit ihren alten, klapprigen Wagen umstieg, fand ich mich wieder einmal als einziger Fahrgast. Erst dann fiel mir ein, dass ja eigentlich Feiertag war. Womöglich hatte der Professor deshalb dieses Datum ausgewählt, da es an der Universität ruhig bleiben würde. Unter einer bedrohlich erscheinenden dunkelgrauen Wolkendecke rollte der kleine, rote Zug durch die beschauliche Landschaft, bis nach etwas weniger als einer Stunde Fahrt die Universität Thurikon erreicht war.

Ich betrat das scheinbar menschenleere Kastell der Universität und lief schnurstracks in den ersten Stock, wo der Professor sein Arbeitszimmer hatte. Dort traf ich ihn wie immer im Auge eines Wirbelsturms von Papieren, Büchern und Artefakten. Als er mich sah, rief er mir zu, ich solle gar nicht erst hineinkommen. Er hatte sich einen strategischen Pfad zwischen seinem Chaos freigelassen, als dass er mit dem Rollstuhl gerade so zur Tür käme.

„Helfen mir zur Treppe, wollen wir gehen unten in Kantine", sagte der Professor. Ich schob ihn den Gang hinunter bis zur Treppe, die mit dem Rollstuhllift ausgestattet war. Unten angekommen, begaben wir uns zur Kantine der Universität, welche an einem Feiertag zwar nicht bewirtet war, aber über einen Kaffee-Automaten sowie etwas Gebäck in einem Regal zur Selbstbedienung besass, wobei man sich einfach das Gebäck nahm und die Bezahlung daneben in einen Becher legte.

„Danke sind sie gekommen, junger Mann", sagte der Professor, als ich ihm seinen Kaffee und einen Gipfel brachte.

„Ja, ein Tag wie heute ist sicherlich etwas fad, nicht wahr?", meinte ich.

„Nein Blödsinn", erwiderte er, „wollte ich mit ihnen über Buch reden, was sie haben mir gebracht. Aber konnte doch nicht sagen über Telefon."

In dem Moment fiel es mir wie Schuppen von den Augen. Wieso sonst hätte der Professor auch so sehr darauf bestanden, mich zu einem Kaffeetratsch zu treffen, als wäre dies von solch erheblicher Wichtigkeit. Ich schämte mich geradezu, seine Intention nicht herausgelesen und mich so dickköpfig angestellt zu haben. Nun aber hatte er mein vollstes Interesse geweckt, die Schläfrigkeit von der langen Zugfahrt war wie verflogen.

„Was haben sie darüber in Erfahrung bringen können?", fragte ich eifrig.

„Ach junger Mann, habe ich jetzt mehr Fragen als Antworten. Ist wirklich seltsames Buch, was sie mir da haben gebracht."

Er versuchte seine Gedanken zu ordnen, doch seine Erklärungen waren wirr, schwer nachvollziehbar, was er selbst auf die Mühe zurückführte, die er hatte, um den Inhalt des Buches zu verstehen. Doch nach und nach kristallisierte dann doch eine fest umrissene Ausführung.

In jenem Buch wurde eine uralte Kultur erwähnt, welche ihre Ursprünge bis weit über die Antike hinaus verzeichnet, und deren Ursprung „jenseits unserer Welt" zu finden sei, obgleich nicht klar wurde, was genau damit gemeint war. Denn obgleich nicht wenige Kulturen in ihrer eigenen Orthodoxie einen kosmischen oder transzendentalen Ursprung vermeinen, so war dies in diesem Falle bei weitem weniger abstrakt ausgelegt. Allerdings gab es ebenso wenig eine konkrete Definition davon, was genau gemeint sei; erwähnt wurde immerzu ein „Reich im Jenseits der Realität", so die Interpretation des Professors.

Im Mittelpunkt dieser Kultur befindet sich eine abartige Religion, welche eine ganze Reihe an grotesken Gottheiten verehrt, welche jedoch, obgleich als „Götter" beschrieben, zugleich als metaphysische Spektren wie auch als physische Präsenzen dargestellt werden, welche direkt mit den Menschen interagieren. Dies sind die Edalh, zumal genannt die „Herrscher der Leere". Anhänger dieser Kultur machen sich selbst zu untertänigen Dienern dieser Gottheiten, und, sobald sie einmal in den Kreis dieses Glaubens aufgenommen sind, verpflichten sie ihnen auch Leib und Leben. Ob und welchen Lohn sie für diese Hingabe bekommen sollten, war hingegen nicht ersichtlich, oder zumindest konnte Professor Grebenschtschikow keinen Sinn darin erkennen. Diese Verehrung schien, so die Ausführungen, als grauenvoller Selbstzweck zu wirken.

Ein schwarzer Obelisk findet Erwähnung als wichtigste Glaubensstätte, und dieses tiefschwarze Bauwerk aus einem unbegreiflichen Material und von enormer Grösse sei der Ort, an dem die Gottheiten angetroffen und verehrt werden sollen. Dieser Obelisk ist auch als Zugang zu jenem „Reich im Jenseits der Realität" zu verstehen, was dieses Konzept noch schwerer verständlich macht. Bei dieser Stätte werden Rituale von einer makabren und blutrünstigen Natur durchgeführt, als reinster Ausdruck von Verachtung des Lebens und der Menschlichkeit. Womöglich sollen hiermit Menschenopfer gemeint sein, oder womöglich etwas weitaus Grausameres, als sich ein gesunder Geist vorzustellen vermag.

Aus dem Buch sei der derzeitige Standort des schwarzen Obelisken mit grosser Sicherheit inmitten des Bergmassivs der Alpen zu interpretieren. Dies bereitete Professor Grebenschtschikow besonders grosses Kopfzerbrechen.

„Ein riesiger, schwarzer Obelisk, mitten in den Alpen, ohne dass es jemals bemerkt wurde?", fragte ich.

„Ist genau was ich finde so unverständlich", antwortete der Professor. „Würden wissen von solche Objekt. Habe gedacht, ist vielleicht Bergspitze die gemeint ist, aber Beschreibung von Obelisk ist zu konkret zum nur sein Bergspitze."

Professor Grebenschtschikow fuhr noch fort, dass die Beschreibung dieses Obelisken ihn an einem dunklen Ort platzierte, an welchem niemals die Sonne schien, sondern ewige Nacht herrschte, wie es von den Gottheiten erwünscht war, wie sie es aus ihrem „Reich im Jenseits der Realität" gewohnt seien.

Ich rieb mir nachdenklich das Kinn und starrte auf meinen leeren Kaffeebecher. Die ganzen Beschreibungen, welche Professor Grebenschtschikow mir unterbreitet hatte, wirkten beunruhigend, denn irgendwas in mir, wohl die vorangehenden Erfahrungen, liessen mich den Gedanken nicht abwenden, dass all das weitaus mehr als nur irgendein Hirngespinst eines geisteskranken Propheten sein musste. Denn wäre ich auf jede andere Weise auf dieses Buch gestossen, so hätte ich es lediglich als phantastisches Märchen abgetan und versucht, es an Leser von seltsamen Fiktionen zu verscherbeln. Ich erklärte ihm dann, was mir im Feriendorf widerfahren war, wo ich eben jenes Buch hätte ausfindig machen sollen; und wie ich anschliessend meinen Laden durchwühlt vorgefunden hatte.

„Professor", begann ich, „was meinen sie, ist der Grund, weshalb dieses Buch so viel Interesse auf sich zieht? Ich meine, dieser verzweifelte Mann, der es mir unter grossem Bangen in die Hände drückte, der Auftrag des Überfalls im Feriendorf, und zuletzt der Einbruch in mein Geschäft. Ich kann da keinen Sinn daraus stiften, ausser dass irgendeine Macht damit besessen ist, an dieses Buch zu kommen."

„Schwer zu sagen", antwortete der Professor, „ist offensichtlich, dass diese Buch für gewisse Leute hat grosse Bedeutung. Wenn ich wäre sie, würde ich versuchen zu gehen an Quelle. Vielleicht versuchen herauszufinden, wer Auftrag von Überfall gegeben hat."

Natürlich doch, der Dicke hatte ja selbst nur im Auftrag von jemand anderem gehandelt. Aber es würde sicherlich nicht einfach sein, aus ihm herauszubekommen, woher dieser Auftrag kam.

„Professor, ich muss los", sagte ich und sprang von meinem Stuhl auf, „ich danke ihnen für ihre Hilfe. Behalten sie das Buch weiterhin hier, das wird wohl am sichersten sein. Ich muss los."

„Viel Glück, junger Mann", rief er mir hinterher.

8

Eva klang leicht überrascht, als ich sie anrief, als hätte sie nicht erwartet von mir zu hören. Doch ich tat ihre Reaktion ab und schlug ihr ohne weitere Umschweifungen vor, uns zu treffen, allerdings an einem Abend, an welchem der Dicke nicht im Lokal wäre. Nach dem Vorfall im Feriendorf wollte ich ihm vorerst nicht in die Quere kommen. Eva meinte, sie hätte den Dicken überhört, dass er gerade an diesem Abend erst gegen elf Uhr aufkreuzen würde, da er noch einer Verabredung nachgehen musste. Das war gut genug für mich.

Nach Einbruch der Dunkelheit erreichte ich den Klub Eden und trat diskret ein, als dass mich nicht einer der Handlanger vom Dicken erkennen sollte, denn ich hatte wenig Lust, mich über Fritzis Verbleib rechtfertigen zu müssen. Ich setzte mich an einen Tisch, der in einem Winkel zwischen dem Tresen und dem Eingang ein wenig versteckt war und bestellte einen Whiskey, während ich auf Eva wartete. Sie liess sich Zeit, obwohl sie an diesem Abend keinen Auftritt hatte, und es war schon nach neun, als sie endlich aus dem Hinterzimmer in den Saal kam. Sie suchte mich eine Weile, da das Lokal an dem Abend gut besucht war, doch ich machte keine Anstalten sie zu mir her zu winken.

„Da bist du ja", sagte sie, als sie mich gefunden hatte. Keiner von uns Beiden erwähnte, wie lange ich schon auf sie gewartet hatte, doch die zwei leeren Gläser vor mir waren ein eindeutiges Indiz.

Ich setzte eine freundliche Miene auf und fragte: „Heute keinen Auftritt?"

„Nein, ich habe mir einen zweiten Ruhetag aushandeln können", antwortete Eva, „ich weiss, es sieht nicht nach viel Anstrengung aus, aber am Ende des Abends bin ich ganz schön fertig. Und du, sag, wie ist es eigentlich mit dem Auftrag gegangen? Lief alles gut?"

„Ach, die Sache. Alles eigentlich nach Plan, ohne grösseren Zwischenfälle. Wir waren bei irgend so einem Typen, haben etwas Geld aus ihm rausgeprügelt, dies, das, Ananas."

Eva schien leicht überrascht, als ich das sagte, als hätte sie nicht erwartet, dass alles so problemlos ablaufen würde. Doch ich wechselte prompt das Thema zu etwas Belanglosem, während ich die ganze Zeit die Uhr hinter der Bar im Auge behielt. Als es kurz nach Elf war, bemerkte ich zwei Autos ankommen. Ich drehte mich auffällig zur Tür, woraufhin Eva gleich aufsprang.

„Das ist der Dicke", sagte sie, „du wolltest verschwinden, bevor er ankommt."

„Verdammt", sagte ich, „ich habe nicht auf die Zeit geachtet."

„Er nimmt immer den Hintereingang, am besten du wartest ein paar Minuten, dann kannst du unbemerkt hier weg", sagte Eva.

„Ich muss hier noch bezahlen, könntest du ihn in der Gasse hinten aufhalten, dass er nicht gleich reinkommt?", fragte ich. Eva war sich meiner Anfrage unsicher. „Tu einfach so, als hättest du zu viel getrunken und wolltest mit ihm flirten."

Sie zögerte erst, doch leistete schliesslich Folge, und nachdem ich kurzerhand meine Rechnung beglichen hatte, lief ich zur Tür raus auf die Strasse. Ich schaute mich um, dass keine der Handlanger vom Dicken noch herumstünden und schlich an der Wand lang bis zur Gasse, welche zum Hintereingang des Klubs führte. Dort sah ich bereits Eva, wie sie dem Dicken den Weg versperrte und sich ihm etwas aufdrängte, was er durchaus amüsant fand.

Ich holte ein Taschenmesser hervor und schlich mich durch die dunkle Gasse zum nichtsahnenden Dicken. Dann griff ich seinen linken Arm, verdrehte ihm diesen hinter dem Rücken und hielt ihm das Messer an die Seite.

„Was zum—", rief der Dicke.

„Ganz ruhig, dann passiert nichts", sagte ich und drückte ein wenig mit der Messerspitze. Der Dicke hob seinen freien Arm.

„Was soll denn das jetzt?", fragte Eva irritiert.

„Danke Eva, saubere Arbeit", sagte ich, „jetzt habe ich ihn genau da, wo ich ihn wollte."

„Du Dreckskerl", rief sie, „hast mich ja nur ausgenutzt."

„Ich dachte, das war ich dir noch schuldig dafür, dass du mich diesem Fettsack ausgeliefert hast. Gab es dafür den zweiten Ruhetag?", sagte ich. Da keine Antwort kam, nahm ich an, den Nagel auf den Kopf getroffen zu haben.

„Was willst du noch von mir?", sagte der Dicke.

„Ich sollte doch meine Schulden begleichen", sagte ich, „aber so viel hast du mir auch nicht geliehen, dass ich mit meinem Leben dafür zahlen sollte."

„Was meint er damit?", fragte Eva nun den Dicken.

„Erklär es ihr doch", sagte ich, „du wusstest, dass irgendwas bei der Geschichte faul ist, dass einer von uns draufgehen würde. Bloss hast du nicht erwartet, dass es Fritzi trifft anstatt mich. Ich hätte das willige Kanonenfutter sein sollen."

Nun begann der Dicke zu lachen. „Ja, es stimmt. Aber habe ich dir jemals irgendeine Garantie gegeben? Ich habe dir sogar einen Vorschuss bezahlt, du kannst doch wirklich nicht so naiv sein zu glauben, die Kohle gäbe es nur, damit du Fritzi Gesellschaft leistest. Hör zu, ich halte dir nichts entgegen, die Schulden sind beglichen, und Fritzi wusste auch, worauf er sich einliess, dafür wurde er bezahlt. Lass gut sein."

Ich liess den Dicken los und schubste ihn in Richtung einiger Mülltonnen. Er stolperte beinahe, dann raffte er sich auf und drehte sich zu mir hin.

„Bleib mal schön auf Distanz", sagte ich und gestikulierte mit meinem Messer, woraufhin er stehen blieb.

„Hör zu, was willst du noch, mehr Geld? Aber das, was ihr besorgen solltet, hast du ja auch nicht gefunden. Eigentlich hast du dich gar nicht mal an die Abmachung gehalten."

„Du bist zu gütig", höhnte ich. „Ich will nur eines, und zwar dass du mir sagst, wer dir diesen Auftrag gegeben hat."

„Das kann nicht dein Ernst sein, ich kann doch nicht einfach meine Kunden verraten", sagte der Dicke pathetisch.

„Schulden hin oder her, du hast mich reingelegt und schamlos ans Messer liefern wollen, verdammte Axt. Ich sollte dich hier und jetzt aufschlitzen wie ein Spanferkel. Du hast nur Glück, dass es mich mehr interessiert, wer dieser Auftraggeber ist, als deine Innereien auf dem Boden zu verteilen. Und jetzt spuck's schon aus."

Der Dicke seufzte, und sagte dann: „Der Typ heisst Harlan Grathwohl. Mehr weiss ich nicht."

„Und wo finde ich diesen Harland Grathwohl?", fragte ich.

„Letztes Mal wohnte er im Hotel Rietbach, beim Industriegebiet West. So eine schäbige Absteige mit fakultativem Zutritt. Reicht das?"

„Stimmt das?", fragte ich Eva.

„Ich weiss nicht – kann schon sein, den Namen habe ich mal überhört", sagte sie zögernd. Ich vertraute keinem von beiden, aber mir blieb nichts anderes übrig, als das zu glauben.

„Also gut, ich hoffe, du legst mich hier nicht nochmal rein", sagte ich.

„Nein, verdammt. Jetzt zieh endlich Leine. Und sag dem Typen bloss nicht, dass ich dir das gesteckt habe", sagte der Dicke.

Ich lief einige Schritte vorsichtig zurück, dann drehte ich mich um und rannte davon.

9

Dass das Hotel Rietbach beim Industriegebiet läge, war keine Untertreibung. Rund um den kleinen Turm waren nichts als Lagerhäuser und einige Bürogebäude zu sehen, und unweit davon tat sich bereits die Schwerindustrie in Form grosser Fabrikanlagen auf. Als ich des Nachts eintraf, herrschte in der ganzen Umgebung eine beängstigende Stille, die nur ab und an von einem vorbeifahrenden Lastwagen übertönt wurde.

Es war die Art von Hotel, welche vor allem Lastwagenfahrer, Schichtarbeiter und Geschäftsreisende bediente. Sehr einfach gestaltet, steril und ohne jeden Luxus. Am Empfang sass ein junger Mann, der gelangweilt in einem Comic-Heft blätterte. Er war wohl unerfahren genug, als dass ich aus ihm herausbekommen konnte, in welchem Zimmer Herr Grathwohl untergebracht war, indem ich mich als dessen Vetter ausgab. Zimmer 217 sagte mir der Mann am Empfang, doch Herr Grathwohl, so meinte er, sei eben noch etwas einkaufen gegangen.

Ich lief in die zweite Etage und wartete dort gleich neben der Zimmertür, bis nach einer Weile ein älterer Herr, wohl um die siebzig Jahre, mit einer Einkaufstüte in der Hand in müssigem Schritt ankam und die Tür öffnete. Hierbei schaute er verdächtig zu mir herüber.

„Suchen sie was?", fragte er brüsk.

„Ich glaube, sie suchen etwas", antwortete ich geheimnisvoll, „man sagte mir, sie suchen ein Buch, ein ganz spezielles Buch."

Grathwohl hielt plötzlich ein, drehte sein Gesicht langsam zu mir und musterte mich mit zusammengekniffenen Augen.

„Sie haben es?", fragte er.

„Vielleicht", sagte ich, „aber erst muss ich ihnen ein paar Fragen stellen."

„Was für Fragen?"

„Wollen sie das Buch, oder nicht?"

Grathwohl starrte mich eine gefühlte Ewigkeit regungslos an, dann winkte er mich mit einer leichten Handbewegung hinein.

Das Zimmer war, wie bei solchen Hotels üblich, nicht sonderlich gross, doch es verfügte nebst dem Bett über einen Schreibtisch und zwei Sessel um einen kleinen, runden Tisch herum. Einige aufgetürmte Kartonkisten waren zu einem improvisierten Regal umfunktioniert, in welchem sich einige Bücher und Ordner befanden und auf dem Schreibtisch standen einige Plastikablagen voller Papiere. In einer Ecke waren mehrere Koffer gestapelt, die ziemlich voll aussahen. Es war zu erkennen, dass Grathwohl sich das Zimmer halbwegs als Wohnung eingerichtet hatte. Er deutete auf einen der Sessel, auf den ich mich setzen sollte, während er seinen Einkauf in den kleinen Kühlschrank neben dem Schreibtisch packte. Mir fielen dabei mehrere Flaschen Whiskey auf.

„Wer genau sind sie?", fragte ich.

„Wer ich bin, fragen sie", sagte Grathwohl abfällig, dann schlug er den Kühlschrank zu und drehte sich zu mir. „In einer gerechten Welt kannte jedes Kind den Namen Harlan Grathwohl, Pionier des Transhumanismus, der eigenhändig den Fortschritt dieser ganzen Welt um Jahrzehnte, wenn nicht Jahrhunderte vorangetrieben hat. Doch sehen sie mich an, wie ich hier hausen muss, abgeschoben auf den Gnadenhof, wie das Vieh, wenn es nicht mehr ergiebig genug ist."

„Was genau meinen sie damit, dass sie eigenhändig den Fortschritt getrieben haben?"

„Sehen sie sich um, mein Einfluss ist doch nicht zu übersehen. Beim Zugang zu fast jedem Lokal, zu jeder Wirtschaft, sogar, um in den Urlaub zu fahren", antwortete er mit glänzenden Augen. Ich wagte es kaum, meinen Gedanken auszusprechen.

„Sie reden nicht etwa... von den MILcom-Chips?", fragte ich verdutzt.

„Mein Werk", sagte Grathwohl stolz und schlug sich auf die Brust, „ich habe sie entwickelt, von der Idee bis hin zur Umsetzung. In einem Keller habe ich damals angefangen das System zu entwerfen, am Ende hatte ich über hundert Untergebene, mit welchen ich mein Meisterwerk geschaffen habe."

Grathwohl schwärmte leidenschaftlich über diese verfluchten Chips, die ich seit eh und je bloss als grauenvolles Joch empfand, als einen Zwang, dessen Auswege nur darin lagen, entweder zum ergebenen Untertanen dieses technokratischen Regimes zu werden oder als Ausgestossener zu leben.

„Ihr Meisterwerk, sie meinen die MILcom NEX-Chips", sagte ich, „die scheinen aber nicht unerhebliche Nebenwirkungen mit sich zu führen." Nun wendete Grathwohl den Blick verlegen von mir ab.

„Die Entwicklung war übereifrig, man hat immer mehr Druck auf mich gemacht, das System bereitzuhaben. Wir haben es schliesslich in unreifem Zustand produktiv gestellt. Ich dachte, das könnte man dann schon noch im laufenden Betrieb ausbügeln. Aber dann…"

„Dann was?"

„Ja, sehen sie doch! Dann hat man mein ganzes Forschungsprogramm plötzlich eingestellt und mich zwangspensioniert. Herrgott, und ich hatte noch grosse Projekte, die vollständige Vernetzung von Mensch und Maschine, Hirn und Computer zu einer Einheit verbunden, die Möglichkeiten waren unendlich. Ich war so nah dran. Verflucht seien sie alle!"

Grathwohl liess sich in den anderen Sessel fallen und schwieg, während er grollend ins Leere schaute.

„Liege ich eigentlich richtig in der Annahme, dass sie selber kein solches Implantat haben?", fragte ich nach einer Weile. Grathwohl schmunzelte.

„Wohlgemerkt, sonst würde ich ja nicht in diesem Loch wohnen", antwortete er, „es ist so, ein guter Wissenschaftler muss ja die Auswirkungen seiner Forschung beobachten. Deshalb gibt es ja auch Versuchsobjekte."

„Die Menschen, die sich diesen Chip einpflanzen lassen, sind für sie also sowas wie Versuchskaninchen?", fragte ich, woraufhin Grathwohl mit einem boshaften Lächeln nickte.

„Was sind schon ein Paar dieser Zweibeiner? Schauen sie sich doch um. Die blosse Tatsache, dass so viele Leute sich auf diese Implantate gestürzt haben, gar ohne wirklich zu wissen welche Konsequenzen, ja nicht einmal welchen Nutzen es überhaupt mit sich zieht, bloss aus blindem Fanatismus für eine falsch verstandene Moderne, das zeigt doch, was die Leute für einen verdorbenen Charakter haben – nein, dass sie *gar* keinen Charakter haben, kein Eigenleben, keine innere Stimme, keine Mündigkeit. Solche Menschen sind für mich keine Personen im eigentlichen Sinne, sondern nichts weiter als leere Hüllen, Nutztiere, die man vor sich hertreibt."

Ich konnte mir nicht verkneifen, reflexartig zu sagen: „Sie Bestie." Grathwohl ärgerte sich sogleich dieser Bezeichnung.

„Ich habe nie jemanden zu etwas gezwungen, und auch die Regierung hat es nicht getan, zumindest nicht von sich heraus. Erinnern sie sich doch, wie alles begann, bestimmt wurde diese Technologie den Menschen unterbreitet, doch kaufen sie denn etwa alles, wovon sie es in einer Werbung angepriesen sehen? Und doch übertraf der Andrang alle meine wildesten Vorstellungen. Welche Freude es diesen Trotteln machte, sich nunmehr mit Vorzeigen ihrer Pfote ausweisen zu können, das Gefühl zu bekommen, sie seien ihrer eigenen Menschlichkeit einen Schritt voraus, obgleich sie in Wahrheit einen Schritt zurück in die Richtung eines gehorsamen Tieres getätigt hatten. Die Zugangsbeschränkungen kamen erst viel später, und sie wurden freudig hingenommen, nein, die Bevölkerung *verlangte* geradezu danach."

Ich erwiderte nichts, denn was Grathwohl sagte, stimmte. Ich konnte mich genau erinnern, wie über nichts anderes mehr gesprochen wurde: Wann würde man endlich die MILcom-Chips verpflichtend machen; warum erlaubte man, dass andere sie nicht trugen; wozu hatte man sie sich sonst überhaupt eingepflanzt.

„Der Mensch hat einen biologischen Instinkt, nach Feinden zu suchen", fuhr Grathwohl fort, „und wenn er diese nicht ausserhalb seiner Sippschaft findet, so beginnt er sie im Inneren zu suchen. Dem menschlichen Vieh hat man bloss sein grösstes Begehren erfüllt, nämlich einen rechtschaffenen Sadismus gegen diejenigen, die sie als Feind erkoren hatten. Sie ergötzten sich geradezu daran, ihre Mitmenschen zu plagen, von denen sie den Eindruck hatten, sie hätten sich vor derselben Dummheit geniert. Wie Lemminge, die über den Abhang sprangen, und sich nun nicht über sich selber ärgern, sondern über jene, die vor dem Abhang einhielten. Denn in denen, die es ihnen nicht gleichtaten, sehen sie das Spiegelbild ihrer eigenen Idiotie.

Die Bestie, guter Mann, bin nicht ich, nicht einmal diese widerwärtige Regierung, die wirkliche Bestie sind ihre Mitmenschen. Sie können mir unterstellen, ich hätte diese Menschen auf die Probe gestellt – ja, das habe ich! – und sie sind allesamt durchgefallen!"

Grathwohls Ausführungen waren pervers und morbide, und doch konnte ich mich davon nicht abwenden, ich konnte mir nicht einreden, seine Logik sei nicht einwandfrei. Eine Weile lang herrschte Stille zwischen uns, als wollte Grathwohl mir Zeit lassen, seine Worte zu verdauen.

„Was genau war es eigentlich, was sie mit ihrer Forschung bezwecken wollten?", fragte ich, „ist das, was letztlich dabei herauskam, was sie sich ersehnt hatten?"

„Was wollten die Entdecker im fünfzehnten Jahrhundert bezwecken? Meinen sie, sie hatten die bewusste Absicht, dass die neue Welt einstmals das werden sollte, was sie heute ist? Was ist die Entdeckung schon, wenn nicht ein Selbstzweck, das Streben nach neuen Erkenntnissen um der neuen Erkenntnisse willen. Ich habe mich nie als Forscher mit einem konkreten Zielpunkt gesehen, sondern als ein Entdecker der Wissenschaft. Ich wollte neue Horizonte erkunden, bloss um zu sehen, was sich dahinter verbirgt. Was dieses Wissen, das ich der Menschheit beschaffen würde, schliesslich bezwecken sollte, war der Menschheit selbst überlassen. Und die Menschheit handelte nach ihrem Ermessen.

Ist es für sie ein Trost, wenn ich ihnen sage, dass es bestimmt nicht meine Absicht war, in diesem Zimmer zu verkümmern? Ebenso wenig wie es wohl die Absicht Magellans war, im Zuge seiner Expedition zu verenden. Doch das ist der Preis, den wir für unsere Anmassungen an das Universum bezahlen müssen."

Grathwohl stand auf und holte eine Flasche Whiskey, dabei hielt er sie in meine Richtung aus, um mir auch einen Schluck anzubieten, den ich mit einem Nicken annahm. Er stellte zwei Gläser auf den Tisch und füllte sie. Ich nahm einen kleinen Schluck vom billigen Supermarktschnaps, er leerte sein Glas in einem Zug.

„Und darum wollte ich dieses Buch", sagte er anschliessend, „deshalb sind sie doch hier."

„Nun – ja, aber was hat das Buch mit all dem zu tun?", fragte ich. Erneut lächelte Grathwohl verschmitzt.

„Wissen sie, seit meiner ‚Zwangspensionierung' habe ich viel freie Zeit. Zeit, die ich gut und gerne dafür verwenden würde, es dieser Regierung heimzuzahlen, die sich meiner Arbeit bedient hat, ohne mich angemessen wertzuschätzen. Über die Jahre, in denen ich für die Regierung gearbeitet habe, war ich nie Teil des inneren Zirkels. Man hielt mich immer aussen vor von dieser geschlossenen Gesellschaft. Wieso genau, wer weiss. Meine Dienste waren über lange Zeit von wesentlicher Wichtigkeit, ich hätte das ganze Vorgehen der Regierung zum Erliegen bringen können, doch ich tat es nicht, denn immerzu dachte ich, es sei nur noch eine Frage von kurzer Zeit, bis man mich angemessen würdigen sollte und nicht mehr als Aussenseiter dieser Gesellschaft behandle. Doch offensichtlich lag ich falsch, und wahrscheinlich war es deshalb, dass man mich in dem Moment, wo meine Arbeit getan war, so weit weg wie möglich entfernte, um das weitere Vorgehen nicht sabotieren zu können."

Grathwohl schenkte sich ein weiteres Glas Whiskey ein, das er erneut in einem Zug leerte. Dann fuhr er fort: „Doch der Verschlossenheit und der Geheimnistuerei zum Trotz, konnte ich immer wieder ein paar Fetzen darüber aufschnappen, was hinter den verschlossenen Türen dieser Regierung vorging. Und was ich erfuhr, war durchaus befremdlich. So erfuhr ich, dass die Mitglieder des Regierungsrates allesamt insgeheim einer seltsamen Religion huldigten, es schien, sie gehörten zu einer Art von Kult oder obskuren Sekte. Ob dies Vorbedingung war, um in den Regierungsrat zu kommen, oder ob die Mitglieder sich erst später zu diesem Kult bekannten, ist mir allerdings schleierhaft. Immer wieder entglitten den Regierungsräten in meiner Anwesenheit Ausdrücke wie: ‚das wird sie zufriedenstellen'; oder: ‚das wird uns ihre Gunst erbringen'. Nach meiner Verdrängung machte ich es zu meinem neuen Forschungsobjekt, die Einzelheiten zu dieser bizarren Glaubensgemeinschaft zu erfahren."

„Um sie damit blosszustellen?", fragte ich. Diese einfache Frage brachte den inzwischen alkoholisierten Grathwohl in unerwartete Rage.

„Herrgott, Mann! Haben sie denn keinem Wort, das ich gesprochen habe, zugehört? Nicht alles muss einen praktischen Nutzen haben. Da sehen sie, wie wenig unterschiedlich sie zu den Leuten in dieser Regierung sind. Welche Forschung, welche Entdeckung, welche Erkenntnis auch immer soll nur einen utilitaristischen Zweck haben, oder sonst aus der Welt geschafft werden. Sie haben nichts verstanden! Nichts!"

„Ist ja gut, beruhigen sie sich", sagte ich. Er setzte sich wieder hin und schenkte sich noch ein Glas Whiskey ein. Seine Worte hatten mich verärgert, vor allem deshalb, weil ich mich ertappt fühlte und keine Widerrede bieten konnte.

„Was ist jetzt mit dem Buch?", lallte Grathwohl, merkbar angetrunken. Ich nickte resigniert. Zumindest darin, ihn dieses einsehen zu lassen, konnte ich keinen Schaden sehen.

„Woher haben sie überhaupt davon erfahren?", fragte ich, „woher wussten sie, dass es ein Buch über diesen Kult gibt, von dem sie so wenig wissen?"

„Ich habe vor einiger Zeit einen alten Studienkollegen getroffen und meinen Verdacht bezüglich der Regierung erwähnt, dabei hat uns einer unserer einstigen Professoren überhört, zum Glück ein diskreter Mensch mit geistigem Weitblick, der mich darauf hinwies, dass ich in jenem Buch womöglich Antworten finden könnte. Wie hiess dieser Mann noch gleich… ach ja: Professor Grebenschtschikow!"

Grathwohls Enthüllung, dass er ausgerechnet von Professor Grebenschtschikow über das Buch *De Ritibus Tribuum Arcanorum* erfahren
hatte, war das Letzte, was ich zu hören erwartet hatte. Wenn der Professor von diesem Buch wusste, warum hatte er nichts davon gesagt,
als ich es ihm brachte? Ganz zu schweigen vom Bezug zu Grathwohl
selbst. Ich hatte plötzlich das Gefühl, dass Grebenschtschikow mich
hinters Licht führen wollte, bloss wusste ich nicht genau wie und noch
weniger weshalb.

Ich verblieb mit Grathwohl, gleich am nächsten Tag die Universität
Thurikon aufzusuchen, als dass er das ersehnte Buch einsehen könne.
Meinen Verdacht bezüglich des Professors behielt ich vorerst für mich.
Ich traf Grathwohl zur abgemachten Zeit am Hauptbahnhof und wir
traten die Fahrt zur Universität an. Während der ganzen Zeit herrschte
eine fast schon ominöse Stille zwischen uns, seinerseits wohl wegen
der Anspannung, meinerseits wegen der Vorahnungen, die ich hegte.

Als wir Thurikon erreicht hatten und den kurzen Weg vom Bahnhof
zur Universität liefen, sah ich schon aus der Ferne mehrere Polizeiwa-
gen auf dem Vorplatz stehen, welche mich nichts Gutes ahnen liessen.
Mein Schritt wurde immer schneller, als dass der betagte Grathwohl
Mühe hatte, mit mir mitzuhalten. Als wir den Haupteingang erreicht
hatten, liess ich ihn gänzlich hinter mir und rannte die Treppe hinauf
zu Grebenschtschikows Arbeitszimmer. Meine Befürchtungen bewahr-
heiteten sich, als ich zwei Polizisten im Gang direkt davor stehen sah.
Ich lief hinüber und blickte in das Zimmer, dessen Zugang von gelbem
Plastikband versperrt war, hinein: Alles darin war durchwühlt worden, selbst im Vergleich zur üblichen Unordnung war dies sofort zu
erkennen. Ein Fleck von getrocknetem Blut auf dem Boden liess mein
Herz in die Hose sinken.

„Halt, sie können da nicht rein", sagte einer der Polizisten als er mich hineinschauen sah.

„Was ist passiert?", fragte ich.

„Ein Überfall", kam die Antwort, „wohl über Nacht, man hat uns heute Morgen angerufen."

„Wo ist Professor Grebenschtschikow?", fragte ich, „geht es ihm gut?"

„Sie meinen den älteren Herren, der hier sein Arbeitszimmer hat?", fragte der Polizist zurück, ich nickte. „Er ist im Spital, er wurde bewusstlos und blutig aufgefunden. Wir hoffen darauf, dass er wieder zu Bewusstsein kommt, damit wir ihn befragen können. Die Ärzte wissen aber im Moment selbst nicht, ob er wieder zu kommen wird."

Derweil hatte Grathwohl mich eingeholt und sah sich entgeistert das Stillleben in Grebenschtschikows Zimmer an. Ich sagte ihm, was ich vom Polizisten erfahren hatte. Wir gingen müssig zum Eingang zurück und erst als wir uns weit genug von den Polizisten entfernt hatte, sprach Grathwohl zu mir.

„Denken sie, es war wegen des Buches?", fragte er.

„Ich gehe recht stark davon aus", sagte ich, „mein Geschäft wurde auch durchwühlt, und das am Tag, nachdem ich das Buch erhalten hatte. Diesmal hat es wohl länger gedauert, bis sie erfahren haben, dass es hier ist."

„Wer sind ‚sie'?", fragte Grathwohl.

„Das ist die grosse Frage", antwortete ich.

Da ich selbst nicht wusste, wo wohl Grebenschtschikow das Buch versorgt hatte, und auch keine Möglichkeit sah, danach suchen zu können, beliessen wir die ganze Sache vorerst. Ich telefonierte mit dem Spital, wo Grebenschtschikow eingeliefert war, und man bestätigte mir, dass er noch immer nicht bei Bewusstsein war. Indem ich mich als sein Neffe ausgab, etwas, was ich ab und an mal bei Notwendigkeit und mit seinem Segen getan hatte, im Wissen, dass er keinerlei nahe Verwandtschaft hatte, konnte ich darauf verbleiben, dass man mich informiere, falls sich sein Zustand ändern sollte.

Ich kehrte in mein Geschäft zurück, und hätte, als ich eintrat, beinahe den Brief übersehen, der unter der Tür hineingeschoben worden war. Es war ein Umschlag, der nicht frankiert und handschriftlich an mich adressiert war. Neugierig hob ich ihn auf und riss ihn sogleich auf. Darin war eine kurze Nachricht, in kritzeliger Handschrift geschrieben:

Junger Mann,
Habe ich seit einigen Tagen das Gefühl, dass ein Unwetter aufkommt. Deshalb
ich ihnen möchte schicken etwas für Unterhaltung. Ich habe hinterlassen in
ein Schliessfach von Bahnhof. Können öffnen mit Etikett anbei.
Wünsche viel Spass und hoffentlich bis bald,
Dein lieber Onkel

Ich erkannte schon an der gebrochenen Sprache sofort, dass dieser Brief von Grebenschtschikow kam. Er musste eine Vorahnung gehabt haben, und ich war sicher, dass er mir das Buch *De Ritibus Tribuum Arcanorum* hinterlassen hatte.

Im Briefumschlag fand ich das Etikett mit dem QR-Code, um das Schliessfach am Bahnhof zu öffnen. Ich nahm dieses an mich und lief schnurstracks in die Untergrundpassage, um das Schliessfach mit der Nummer 042 zu suchen. Als ich dieses öffnete, fand ich einen Plastiksack, in dessen inneren eine grosse Kartonschachtel des Brettspiels „Arler Erde" war. Nachdem ich sichergestellt hatte, dass niemand mich beobachtete, öffnete ich die Schachtel einen Spalt breit und sah darin, wie erwartet, den arkanen ledernen Einband.

Ich nahm das ganze Bündel sogleich an mich und machte mich auf den Weg zum Hotel, in welchem Grathwohl wohnte. Die ganze Zeit über schaute ich paranoid in alle Richtungen, als dass mich niemand verfolgte, was in der Menschenmenge um den Hauptbahnhof kein Leichtes war, und auch das wie immer überfüllte C-Abteil in der Strassenbahn machte es nicht einfacher. Erst als ich schon am Stadtrand in den Bus umstieg, der mich in die Richtung des Industriegebietes bringen sollte, und welcher bis auf zwei weitere Fahrgäste fast leer war, konnte ich meine Sorge etwas ruhen lassen. Als ich als einziger bei der Haltestelle nahe dem Hotel ausstieg und auch keine Menschenseele in der Umgebung zu sehen war, atmete ich endlich durch, dass mir wohl niemand auf den Fersen war.

Ich lief sofort in den zweiten Stock hinauf und klopfte wie toll an die Tür von Zimmer 217, bis ich irgendwann Grathwohl rufen hörte: „Ist ja gut, ich komme ja schon."

Als er die Tür öffnete, platzte ich rüpelhaft hinein und schloss hinter mir zu, dass Grathwohl völlig versteinert vom Schreck im Gang stehen blieb. Ich zog die Vorhänge zu, dann packte ich die Schachtel aus der Plastiktüte und legte sie auf den Schreibtisch.

„Was soll das jetzt, für ein dämliches Brettspiel kommen sie hereingeschneit?", fragte Grathwohl irritiert.

Ich deutete nur auf die Schachtel, dass er sie öffnen solle, woraufhin sein Gesichtsausdruck sich wandelte. Er hatte sogleich verstanden, dass es um weitaus mehr ging als nur um ein Brettspiel. Er kam zum Schreibtisch hinüber und begann langsam die Kartonschachtel zu öffnen. Als er den Inhalt sah, weiteten sich seine Augen. Ehrfürchtig nahm er das Buch hervor.

Grathwohl hob das lang ersehnte Buch hoch, als traute er sich gar nicht erst, es zu öffnen. Seine Augen waren auf den alten, abgenutzten Ledereinband fixiert, fuhren immer wieder über den schwer lesbaren Titel: *De Ritibus Tribuum Arcanorum.*

„Das ist ja unglaublich. Woher haben sie das?", fragte er, ohne den Blick von jenem Artefakt abzuwenden.

„Sie werden es kaum glauben, aber von Professor Grebenschtschikow", antwortete ich, „ich weiss nicht, was für eine seltsame Vorahnung er wohl gehabt haben muss, dass er es mir noch gestern Abend hat zukommen lassen. Vielleicht hat er bemerkt, dass er beobachtet wurde. Oder er hatte einfach ein Gefühl, wer weiss. Er ist ein sonderbarer Mensch."

Grathwohl setzte sich derweil auf den Stuhl, legte die Schachtel beiseite und begann vorsichtig, um das alte Werk nicht zu beschädigen, im Buch zu blättern. Er konnte wohl, wenn auch mit nicht wenig Mühe, den lateinischen Text verstehen. Leise murmelte er vor sich hin und blätterte immer wieder weiter, während ich, erschöpft von diesem ereignisreichen Tag, begann vor mich hin zu dösen.

„Das ist es", rief Grathwohl plötzlich und riss mich aus meinem Schlaf. Ich wusste gar nicht, vor wie langer Zeit ich eingenickt war.

„Wie, was?", sagte ich verwirrt.

„Es ergibt alles einen Sinn", fuhr er fort, „dieses Buch füllt all die Lücken dieser seltsamen Dinge die ich ab und an hörte und sah, als ich für die Regierung arbeitete."

„Und was ist ihre Erkenntnis daraus?", fragte ich nun hellwach.

„Das ist… schwierig zu erklären", antwortete Grathwohl etwas verdrossen, „diese ganze Geschichte scheint immer tiefer zu gehen, je mehr ich darüber erfahre. Es nimmt scheinbar kein Ende."

„Was ist mit dem schwarzen Obelisken?", meinte ich, „den hatte Professor Grebenschtschikow erwähnt, er sei der Mittelpunkt dieses Kultes."

„Ja, natürlich. Ich habe einstmals hohe Funktionäre überhört, wie sie über einen Versammlungsort sprachen, doch es klang mehr schon nach einer Art Pilgerfahrt. Ich dachte damals, es sei wohl einfach der Ort, wo sie irgendwelche wichtigen Konferenzen abhielten, doch nun sehe ich das in einem ganz anderen Licht. Dieser Ort wird ‚das Redukt' genannt, es ist eine Art Bunkeranlage tief in den Bergen, also buchstäblich im Inneren des Berges. Es gibt eine geheime unterirdische Bahn, mit der man dort hinkommt. Der Bau dieser Bahnstrecke war damals ein offenes Geheimnis, doch wir dachten einfach, es handle sich um eine militärische Anlage oder dergleichen. Die Regierung war ja immer sehr paranoid. Aber das ist noch bei weitem nicht das seltsamste."

„Sondern?", fragte ich voller Anspannung.

„Der Text spricht von einem ‚Malzeichen der Knechte', diese Knechte sind Leibeigene der ‚Edalh'."

Ich erinnerte mich, dass Professor Grebenschtschikow die Edalh erwähnt hatte, dies seien die Gottheiten des schwarzen Obelisken.

Grathwohl fuhr fort: „Und nun kommt das wahrlich ominöse: Dieses Malzeichen besteht aus zweierlei Merkmalen, eines davon auf dem Handrücken, und das andere im Auge."

„Genau wie die MILcom-Chips", warf ich ein, „wurde ihnen das so vorgegeben?"

„Eben nicht!", antwortete Grathwohl erregt, „der Handrücken, das ist vielleicht noch offensichtlich, da es eine praktische Stelle ist, aber das Implantat im Auge war mein eigener Entwurf, da ich dadurch eine Verbindung mit dem Sehnerv erstellen konnte, welche ich ins Hirn weitergeführt hätte, wenn meine Forschung nicht unterbrochen worden wäre. Und nun lese ich in diesem Jahrhunderte alten Buch über das Malzeichen auf der Hand und im Auge. Ich sage es ganz ehrlich, das alles wird mir langsam unheimlich. Was geht hier vor? Warum zum Donnerwetter steht so etwas in diesem Buch?"

„Vielleicht ist es nur ein Zufall", sagte ich im Versuch, den sichtlich nervösen Grathwohl zu beruhigen. Doch ich glaubte es selber nicht, mir war ebenso klar wie ihm, dass dies über den Zufall hinaus ging.

Ich versuchte das Thema zu wechseln: „Was ist eigentlich die Absicht dieser Edalh? Wofür sind sie hier?" Grathwohls Miene änderte sich schlagartig.

„Nun sind wir wieder am Anfang angekommen", sagte er, „in allem suchen sie eine Absicht, einen Grund, ein *Telos*. Vielleicht gibt es das aber nicht, oder zumindest nicht in der Art, wie wir es uns vorstellen können. So wie ich den arkanen Text interpretiere, entstammen die Edalh aus einem gänzlich anderen Universum, einer völlig anderen Ebene der Existenz, eine andere Dimension, wenn sie so wollen. Sie scheinen keinem für uns logisch nachvollziehbaren Verhalten zu folgen, wie sie auch keiner für uns verständlichen Biologie oder gar Metaphysik entsprechen. Was auch immer die Edalh sind, wir haben kein Wort dafür, es zu beschreiben. Und was auch immer die Edalh wollen, wir haben kein Konzept dafür, es zu verstehen."

„Nun gut", antwortete ich hämisch und hob die Beine auf den Tisch, „dann bringt es ja wohl herzlich wenig, sich weiterhin den Kopf darüber zu zerbrechen." Ich rutschte ein wenig im Sessel ab und schloss die Augen, als wollte ich ein Nickerchen machen.

„Nun seien sie nicht gleich beleidigt", sagte Grathwohl, der meine Anspielung erkannt hatte.

„Nein, wirklich", sagte ich, „was gibt es da noch gross daraus zu machen? Ich verstehe ja, was sie meinen, und das ist in Ordnung, aber wozu sich weiterhin mit etwas beschäftigen, was wir nicht wirklich weiter verstehen werden? Es ist ja nicht einmal so, als ob wir diese Edalh beobachten könnten, um etwas daraus zu lernen."

„Also die Sache ist die", antwortete Grathwohl, „dass wir die Edalh nicht beobachten könnten — dem ist vielleicht nicht ganz so."

Grathwohls letzter Satz hatte mich wieder hellwach gemacht. Er wollte scheinbar darauf anspielen, dass er eine Möglichkeit kannte, wie wir diese Wesen genannt Edalh selbst zu Gesichte bekommen könnten. Eine Vorstellung, die mich regelrecht exaltierte. Wenn diese Wesen tatsächlich real waren, und ihre Eigenschaften auch nur im Ansatz Grathwohls Beschreibung entsprachen, so wäre es der Zenit meiner mir selbst aufgetragenen Lebensaufgabe, die Grenzen jeglichen bekannten Wissens zu überschreiten, verwegen dorthin zu schreiten, wohin noch keiner zuvor gewesen sei.

„Nun spannen sie mich nicht so auf die Folter", sagte ich zu Grathwohl, um ihn aus seiner Gedankenpause zu reissen.

„Ich versuche meine Gedanken zu ordnen, es ist alles sehr überwältigend für mich, auch wenn es ihnen schwerfällt, sich das vorzustellen. Wenn ich die Ausführungen in diesem Buch mit meinen vorherigen Erfahrungen verbinde, so ist mein Gedanke, dass jener Ort in den Tiefen der Berge auch der Ort ist, wo sich der schwarze Obelisk befindet, und folglich wo die Edalh unsere Welt betreten."

„Das hatte ich bereits verstanden", sagte ich ungeduldig, „und wie kommen wir dort hin?"

„Es wird auf jeden Fall kein ‚wir' sein", antwortete Grathwohl, „ich bin zu bekannt in jenem Umfeld, ich könnte nicht damit durchkommen, dort einfach hineinzuspazieren."

„Und ich schon", folgerte ich, woraufhin Grathwohl nickte. „Und wie sollen wir das bewerkstelligen?"

„Ich weiss in etwa, wo sich der Zugang zu der geheimen Untergrundbahn befindet, wie schon gesagt war das durch die aufwendigen Bauarbeiten ein offenes Geheimnis. Und wie sie sich wohl vorstellen können, weisen sich die Mitglieder der Regierung ebenfalls mit MILcom-Chips aus. Tatsächlich habe ich noch mitbekommen, dass die höheren Sphären der Bürokratie schon früh auf das MILcom NEX System umgestellt hatten."

„Diese Leute glauben also tatsächlich an das, was sie tun", meinte ich überrascht.

„Wahrlich", sagte Grathwohl, „hier ist nichts mit Wein predigen und Wasser trinken. Das wäre vielleicht für Leute wie sie eigentlich fast schon weniger unbehaglich gewesen, wenn all dies bloss ein gelenkter Plan wäre. Aber glauben sie mir, hier agiert eine viel stärkere Kraft als einfache Bosheit, als niedere Absichten. Hier agiert die reine Überzeugung an ein höheres Ziel. Welches auch immer dieses sein sollte."

Grathwohls Ausführungen waren tatsächlich beunruhigend. Ich war bisher zumeist gespalten gewesen, zwischen der Vorstellung, dass es sich lediglich um eine gemeine Räuberbande handelte, welche sich die Macht als Selbstzweck an sich gerissen hatte; und dem Verdacht, dass hier tatsächlich eine Bewegung von perversesten Überzeugungen stattfand.

„Gibt es irgendeine Möglichkeit, die MILcom-Identifizierung zu umgehen?", fragte ich, „ich habe damals eine Art von falschem MILcom-Chip verwendet, um in das Feriendorf zu kommen. Aber mit dem MILcom NEX stelle ich mir das schwieriger vor."

„Sie werden es kaum glauben, aber es gibt so ein System, es funktioniert mit einer Kontaktlinse und ist recht gut darin, die Lesegeräte zu täuschen", kam die Antwort, „das weiss ich, weil ich mithalf, es zu entwickeln."

„Sie verbreiten die Krankheit und verkaufen dann das Gegenmittel", warf ich spöttisch ein. Entgegen meinen Erwartungen ärgerte sich Grathwohl nicht an dieser Aussage, sondern begann hämisch zu lächeln.

„So können sie es gerne sagen, aber für mich war beides eine valide Forschung. Warum nicht die Möglichkeiten des Systems ausloten? Vor allem, wenn ich dafür eine ziemlich saftige Bezahlung bekommen sollte."

„Und wer hat sie dafür bezahlt?", fragte ich.

„Sie müssten den Mann kennen", sagte Grathwohl, „denn nur er hätte sie zu mir schicken können."

Der Dicke. Schon wieder. Ich konnte es kaum glauben. Oder womöglich war ich bloss irritiert, weil ich dummerweise alle meine Brücken mit ihm schon abgebrochen hatte.

„Ich bin nicht gut auf ihn zu sprechen", meinte ich verlegen, „wir hatten gewisse… Unstimmigkeiten."

„Er ist der Einzige, der ihnen weiterhelfen kann. Sie brauchen entweder einen MILcom NEX-Chip oder den Ersatz dafür, dann kann ich sie einschleusen."

Eva schien wenig amüsiert von meinem Telefonat. Zuerst einmal hatte ich mehrmals anrufen müssen, bis sie überhaupt ran ging. Sie grüsste mich mit wenigen Worten, schien mich bloss abwimmeln zu wollen. Einerseits verständlich, nach meinem schamlosen Verhalten ihr gegenüber, doch sie schien nicht miteinzubeziehen, dass mein Verhalten letztlich auch nur die Reaktion auf das ihrige gewesen war.

„Evi, hör mir doch zu", sagte ich, „nimm es doch nicht so. Schau, du hast mir eins ausgewischt, ich dir. Ich sage ja nicht, dass das mein Verhalten besser macht, aber können wir nicht einfach die ganze Geschichte hinter uns lassen?"

„Du willst doch nur schon wieder etwas von mir", sagte sie kühl. Verdammt, dachte ich, sie hat recht. Irgendwie musste ich sie trotzdem dazu bringen, mir zu helfen.

„Ich will ja dieses Mal ehrlich sein mit dir. Ja, ich brauche deine Hilfe, wie immer, wenn ich nicht weiterweiss. Du kennst mich doch."

„Ich bin es einfach leid, dass du mich nur anrufst, damit ich dir aus der Patsche helfe. Ich will mit deinen ganzen Geschichten einfach nichts mehr zu tun haben. Es ist schlimm genug, für den Dicken arbeiten zu müssen, als dass ich dich auch noch hüten muss", sagte sie, ihre Stimme nun mehr verzweifelt als verärgert.

„Ich will es nicht mehr schönreden als das, aber vielleicht könnte es für dich noch eigennützig sein", sagte ich.

„Wie meinst du das?"

„Ich habe etwas, was dem Dicken gefallen wird, so sehr, dass er sogar vergessen wird, wie ich mich das letzte Mal aufgeführt habe. Wenn du hier vermittelst, springt doch sicher auch für dich etwas raus."

Eine Weile kam nichts aus dem Hörer, dann erklang ein ferner Seufzer.

„Ich weiss nicht, warum ich das immer wieder tue. Aber sei's drum", sagte Eva, „ich rede mit dem Dicken und sage dir Bescheid."

„Du bist ein—" Klick. „Schatz." Sie hatte aufgelegt, noch bevor ich den Satz zu Ende gesprochen hatte.

Wenig später bekam ich eine Textnachricht, dass ich am folgenden Abend in den Klub Eden kommen sollte. Mit etwas mulmigem Gefühl begab ich mich dorthin. Es war schlimm genug gewesen, bei Eva um einen Gefallen zu betteln, der Dicke aber war noch einmal eine Nummer grösser und ich kannte seinen Jähzorn.

Eva grüsste mich mit wenigen Worten und ernster Miene, dann führte sie mich sogleich in das Hinterzimmer des Klubs, wo ich wiederum in das kleine Büro vom Dicken eintrat, um dort auf ihn zu warten. Ich sass eine Weile da und schweifte mit meinem Blick durch das kahle Arbeitszimmer, bis plötzlich die Tür unsanft aufgeschlagen wurde und der Dicke hereinkam.

„Wirklich mutig von dir, hier nochmal aufzukreuzen", sagte der Dicke mit geballter Faust, „gib mir einen Grund, dir nicht hier und jetzt die Fresse zu polieren, einen einzigen."

„Ja, ja, ich weiss doch, alles ganz schlimm, hör mir nur einen Moment zu", sagte ich, „glaubst du denn, ich wäre hier aufgekreuzt, wenn ich nicht so einen guten Grund dafür hätte?"

Der Dicke liess sich hinter dem Schreibtisch auf den Stuhl fallen und legte die Füsse auf den Tisch.

„Na los, bring mich zum Lachen", sagte er. Ich holte aus der unauffälligen Plastiktüte, die ich dabeihatte, ein altes Buch und legte es sachte auf den Tisch.

„Was soll das sein?", fragte der Dicke.

„Erkennst du es nicht?", erwiderte ich, „das ist doch dieses verdammte Buch, was Fritzi und ich damals suchen sollten."

Nun weiteten sich die Augen vom Dicken. Er hob das Buch auf und nahm es in Augenschein, blätterte ein wenig durch die verwitterten Seiten. Seine Stimmung änderte sich schlagartig.

„Schön, schön. Und wo hast du das her?", fragte der Dicke.

„Ich habe meine Quellen. Es wäre damals schon einfacher gewesen, wenn ihr mir einfach gesagt hättet, wonach ihr sucht", erklärte ich.

„Was willst du dafür, Geld?", fragte der Dicke. Ich verneinte und erklärte, dass es mir um die Kontaktlinse ging, mit welcher ich das MILcom NEX-System austricksen könne. Der Dicke starrte mich eine Weile mit zugekniffenen Augen an, als habe er das Gefühl, dass ich ihm etwas verbergen wollte.

„Was– …was hast du damit vor?", fragte er argwöhnisch.

„Das kann ich dir nicht verraten, es würde mich zu sehr kompromittieren", antwortete ich, „aber du kannst es dir ja in etwa vorstellen."

Der Dicke nickte vorsichtig. Dann ging sein Blick wieder auf das Buch zurück.

„Also gut – abgemacht."

Mir fiel ein Stein vom Herzen, als er dies sagte. Denn was der Dicke in den Händen hatte, war natürlich nicht das echte *De Ritibus Tribuum Arcanorum*, sondern ein Buch, welches ich willkürlich aus den vielen in meinem Laden ausgewählt und mit dem Titel versehen hatte. Dieses würde er Grathwohl dann für den abgemachten Preis verkaufen. Grathwohl hatte meinem Unterfangen zugestimmt, da der ausgesetzte Finderlohn für das Buch ohnehin eigentlich mir zugestanden hätte. Bloss hatte er als Kondition festgelegt, dass es unter keinen Umständen das echte Buch sein dürfe, da er einen solchen Schatz unmöglich aus den Händen geben könnte.

Der Dicke stand auf und bat mich, aus dem Büro hinaus. Im Hinterzimmer konnte ich Evas Gesang im Saal nebenan hören. Der Dicke rief einen seiner Handlanger zu sich, der mit zwei weiteren in einer Ecke Poker spielten. Er flüsterte ihm etwas zu, dieser nickte und wir gingen gemeinsam in den Lagerraum. Dort gab es eine Gittertür, die der Mann, der uns dorthin begleitet hatte, aufschloss. Er deutete hinein und nichtsahnend betrat ich den Raum, woraufhin die Tür hinter mir zugeschlagen und verriegelt wurde. Ich rannte dorthin und rüttelte an der Tür, doch sie war fest verschlossen. Der Dicke lachte nur, während er sich eine Zigarre anzündete.

„So, das soll dir eine Lehre sein, wie du mit wichtigen Leuten wie mir umzugehen hast, du mieser, kleiner Schleimbeutel", verhöhnte er mich.

Wütend schlug ich mehrmals auf die Gittertür, womit ich mir allerdings nur selber an den Händen Schmerzen zufügte. Der Dicke lachte weiter und wollte wieder zurück ins Hinterzimmer gehen, als ich mich beruhigte und selbst zu lachen begann. Überrascht drehten die beiden Ganoven sich zu mir.

„Findest du das lustig?", fragte der Dicke.

„Ein bisschen schon, ja", antwortete ich.

„Na dann ist ja wunderbar, du kannst ja deinen Spass haben, während du da drin verrottest", sagte er abfällig.

„Es ist lustig, weil du mir schon wieder auf den Leim gegangen bist", sagte ich. Nun lief der Dicke wieder auf mich zu. „Schau dir mal das Buch an, das ist nur ein altes Sachbuch über Kräuterkunde."

„Irgendwie wusste ich, dass du mich nur auf den Arm nehmen wolltest", sagte der Dicke gehässig, „umso mehr geschieht es dir Recht, wenn ich dich eingesperrt lasse."

„Du verstehst nicht, Grathwohl hätte trotzdem dafür bezahlt, das ist meine Abmachung mit ihm. Ich brauchte allerdings dein Wohlwollen für diesen falschen MILcom NEX-Chip. Ich dachte, ich bringe dir einfach ein Buch, sage dir es ist das, was du gesucht hast, du verkaufst es an Grathwohl und hast dein Geld und deinen guten Ruf, und ich bekomme dafür den falschen Chip. Alle glücklich und zufrieden. Aber wenn Grathwohl nichts mehr von mir hört, wird er dich zum Teufel schicken. Er hat ja nichts davon, dich für ein falsches Buch zu bezahlen. Und wenn sich herumspricht, was für ein Stümper du bei dieser Geschichte warst, tja dann…"

Der Dicke schaute mich mit wutverzerrtem Gesicht an. Er sah ein, dass ich recht hatte, dass er keinen Ausweg hatte, ausser die Abmachung einzuhalten. Er schlug mit aller Kraft auf die Gittertür, dass diese sich verbog, sogleich schüttelte er seine Hand, die ihm nun schmerzte.

„Rupert, lass ihn raus und gib ihm den verdammten Chip", sagte der Dicke gehässig und liess uns beide im Lagerraum zurück.

Grathwohl lachte nur hämisch, als ich ihm erzählte, wie es mit dem Dicken gelaufen war. Für ihn, so schien es mir, war das einzig bedeutsame, dass ich den ersehnten Chip bekommen hatte, oder besser gesagt, das Gerät, um das MILcom NEX-System auszutricksen. Dieses war bei weitem aufwendiger als der Chip, der auf den Handrücken aufgeklebt wurde und bestand aus einem kleinen Koffer, in welchem sich eine ganze Reihe von Kontaktlinsen befanden, sowie einem Gerät, welches diese Kontaktlinsen darauf anpasste, vom MILcom NEX-Lesegerät erfasst zu werden.

Rupert hatte mir die Handhabung erklärt: Ich sollte das Schreibgerät verwenden, welches von der Erscheinung her an ein dunkelgraues tragbares Radio erinnerte, bloss mit einer kleinen Tastatur statt eines Drehknopfes, um jeweils eine der Kontaktlinsen zu programmieren. Mit der Tastatur des Schreibgerätes würde die gewünschte Kodierung eingegeben, welche auf die Kontaktlinse übertragen würde, um dann vom MILcom NEX-Augenscanner erkannt zu werden. Wichtig war vor allem, dass nach jedem Lesevorgang eine neu kodierte Kontaktlinse erforderlich war, da hierdurch das System, welches normalerweise Informationen mit dem Chip austauschte, überlistet wurde. Das Schreibgerät besass einen Algorithmus, welcher die Kodierung nach jedem Lesevorgang anpassen konnte, aber hierfür musste eine Kontaktlinse erneut beschrieben werden. Auch hatte mich Rupert gewarnt, dass, obwohl diese Kontaktlinse praktisch nicht zu erkennen sei, sie trotzdem kaum durchsichtig war und man, solange man sie trug, auf jenem Auge so gut wie gar nichts sehen könne.

Grathwohl kannte diese Gerätschaft, er hatte schliesslich zur Entwicklung davon beigetragen. Eine Bande organisierter Verbrecher, viel grösser und mächtiger als die kleine Gaunerbande vom Dicken, hatte dieses Gerät entwickelt und hierfür Grathwohl angeworben, der ihnen für gutes Geld die verschiedenen Details über die Funktionsweise des MILcom NEX-Chips verkauft hatte, bis hin zu jenem Algorithmus, welcher es erlaubte, die gegenwirkenden Informationen zwischen dem Chip und dem System nachzuahmen. Auf diesen Algorithmus war er besonders stolz, da er ein komplex vernetztes System austricksen musste.

Grathwohl konnte somit problemlos das Schreibgerät einstellen, als dass die Programmierung der Kontaktlinsen mir die höchste Zugangsstufe gewähre, welche nötig war, um zum schwarzen Obelisken zu gelangen.

Ich hatte noch nie Kontaktlinsen getragen, aber das Auf- und Absetzen dieser war schnell gelernt. Weniger einfach war es mit der Verzerrung klarzukommen, welche diese Kontaktlinse auslöste. Rupert hatte noch untertrieben, es war nicht so, als würde ich auf jenem Auge nichts sehen, sondern viel schlimmer, dass ich alles so extrem verformt sah, dass mir beinahe schwindelig wurde. Mein Reflex wäre gewesen, das Auge einfach zu schliessen, doch Grathwohl riet mir zu Vorsicht, mich nicht auffällig zu machen, in dem ich mit einem geschlossenen Auge durch die Gegend spazierte. Viele der hohen Tiere in der Regierung waren wohl durchaus paranoid.

„Du wirst schon sehen, wenn du dort in den abgesperrten Bereich kommst, was für komische Gestalten die alle sind", erklärte Grathwohl.

Anschliessend gab er mir Anweisungen, wie ich das Redukt erreichen konnte, jenen geheimen Bunker im Inneren der Berge, wo sich der schwarze Obelisk befinden sollte. Ich sollte erst zum Bahnhof vom Sektor Alp-3 anreisen, und dort den Zugang zur geheimen Untergrundbahn finden. Wo genau dieser wäre, und wie er aussah, wusste Grathwohl selbst nicht. Er konnte mir nur sagen, dass der Zugang wohl nach unten führen würde, mit einer Treppe oder einem Lift, da der Endpunkt der Bahn tief unter dem Bahnhof vom Sektor Alp-3 gelegen war.

Ohne Grund, meine Abreise weiter hinauszuzögern, machte ich mich am Tag darauf mit einer Mischung aus faustischem Wissensdurst und nervöser Anspannung auf die Reise, mit meiner Ausrüstung für die Kontaktlinsen in einer diskreten Aktentasche. Ich beabsichtigte schon die erste Etappe im MILcom NEX Wagen zu reisen, einerseits um die Funktion der Kontaktlinse auszuprobieren aber auch aus morbider Neugier, einmal in diesem geheimnisvollen abgetrennten Teil des Zuges zu sitzen. Am Perron waren zwei gelangweilt aussehende Zugbegleiterinnen mit einem MILcom NEX-Lesegerät positioniert, welche auf die wenigen Fahrgäste warteten, die in diesem Wagen fahren würden.

Ich wartete erst eine Weile, bis jemand anderes zu diesem Zugang käme, um genau zu beobachten, wie der Prüfungsvorgang stattfand. Ich kam schon in Sorge, niemand anders würde dort vor Abfahrt des Zuges einsteigen, doch schliesslich erschien ein junger Mann, der sich brav vor das Lesegerät stellte, welches aussah wie eine Gerätschaft aus einer Augenklinik, und das rechte Auge hinhielt. Eine Lampe leuchtete grün auf, und die Zugbegleiterinnen baten den Mann einzusteigen.

Mit wenig Zeit übrig bis zur Abfahrt lief ich nun zur Zugangskontrolle hin und hielt ebenfalls das Auge in das Lesegerät. Es war ein seltsames Gefühl, ich hatte nicht einmal wirklich eine grosse Befürchtung, falls die Kontaktlinse nicht richtig erkannt würde und man mich abweise, schliesslich ich hätte mich in diesem Fall ohne weiteres aus dem Staub machen können, doch es war das Empfinden, das in mir ausgelöst wurde, einmal die Posse jener vollendeten Konformisten zu spielen, welche ich mit jeder Faser meines Seins verachtete, mich einstmals in sie hineinzuversetzen. Ich fühlte mich schmutzig, von mir selbst angewidert, konnte nicht verstehen, dass jemand sich ernsthaft auf diese Art demütigen würde, wie ein Dressuräffchen, das sich für ein kleines Leckerli mit lächerlichen Kunststücken selber demütigen, sich im wahrsten Sinne des Wortes zum Affen machen würde.

Kurz nachdem ich in das Lesegerät hineingeblickt hatte, leuchtete die Lampe grün auf, und ich wurde nun ebenfalls freundlich gebeten einzusteigen. Der Vorgang war antiklimaktisch gewesen, wohl weil es im Grunde bloss eine unbedeutende Routine war, für mich hingegen der erste Schritt in einer beispiellosen Transgression.

Das Innere des NEX-Wagens war wahrlich luxuriös gestaltet, mit breiten, gepolsterten Sesseln und hochwertigem Material für die Innenausstattung, aber trotzdem irgendwie enttäuschend. Womöglich war auch hier meine Erwartung zu hoch gewesen, oder einfach derart unwirklich, dass nichts sie wirklich hätte erfüllen können. Der Wagen war fast leer, einige Sitze weiter sah ich den jungen Mann, der zuletzt vor mir eingestiegen war, und im vordersten Teil sass eine ältere Dame mit einer jungen Frau, wohl ihre Assistentin, und einem alten Herrn, der scheinbar völlig katatonisch in einem Rollstuhl sass und an einem Tropf hing. Ich empfand ein Déjà-vu zu meiner Reise in den Ludoval-Sektor.

Ich nutzte gleich die Gelegenheit, um in der Toilette die Kontaktlinse zu entfernen, welche aufgrund der Verzerrungen in meinem Sichtfeld durchaus unangenehm zu tragen war. Anschliessend bereitete ich schonmal die nächste vor, als dass ich sie kurz vor der Ankunft aufsetzen könne.

Die nicht ganz zweistündige Fahrt bis zum Bahnhof Sektor Alp-3 verlief ereignislos. Als noch wenige Minuten bis zur Ankunft fehlten, verschwand ich erneut in der Toilette und setzte die neu programmierte Kontaktlinse auf. Ich musste mir tatsächlich Mühe geben, mich normal zu bewegen, da diese gestörte Wahrnehmung durchaus schwindelerregend war. Ich stieg prompt aus dem Zug und begann mich diskret nach dem Zugang zur geheimen Untergrundbahn umzusehen. Der Bahnhof Sektor Alp-3 war nicht sonderlich ansehnlich, das Bahnhofsgebäude war im Grunde nur eine mittelgrosse Halle, umrundet von einigen Geschäften und Billettschaltern, mit einem Getränkekiosk in der Mitte der Halle. Ich tat so, als würde ich die Zeitschriften am Zeitungsstand betrachten, und setzte mich anschliessend an einen Tisch des Kiosks in der Mitte der Bahnhofshalle.

Es gab einige Zugänge zwischen den verschiedenen Geschäften, welche den Eingang zur Untergrundbahn sein könnten. Manche waren verschlossene Türen, andere hingegen mit einem Schild versehen, welches Unbefugten den Zutritt untersagte. Bei einem dieser Durchgänge blieb mein Blick hängen, da ich neben jenem Schild, welches darüber hing, ein weiteres sah, mit einem seltsamen Symbol darauf, eine Kritzelei von einigen schwarzen Linien auf dunkelrotem Hintergrund, was ein durchaus unauffälliges Erscheinungsbild ergab. Ich schlürfte meinen Kaffee und beobachtete diesen Zugang, bis ich tatsächlich mal einen Mann dort hineingehen sah. Dieser Mann schien von seiner formellen Kleidung her kein niederer Arbeiter oder Handwerker zu sein, der vielleicht einen Lager- oder Unterhaltsraum aufsuchte. Ich entschied, dass dieser Zugang meine beste Vermutung sein würde.

Vorsichtig und so unauffällig wie es mir möglich war, lief ich auf dieses Portal zu und trat ein. Der Weg führte gleich um die Ecke nach links und ich sah vor mir eine Rolltreppe, die nach unten führte, sowie daneben einen Lift. Meine Vermutung schien bewahrheitet, und ich nahm sogleich die Rolltreppe nach unten. Es war eine ganze Weile bis zu deren Ende, und ich sah auch dann, dass ich bloss ein Treppenpodest erreicht hatte, von wo aus eine weitere, scheinbar ebenso lange Rolltreppe noch weiter nach unten führte. Insgesamt waren es vier solcher Abschnitte, bis ich unten angekommen war, Dutzende Meter unter der Erde.

Nach diesen Rolltreppen tat sich ein kleiner Gang auf, an dessen Ende ich die Zugangskontrolle sah. Ich lief ohne zu zögern darauf hin, nun war die Stunde der Wahrheit gekommen und ich durfte mir keineswegs etwas anmerken lassen. Ein uniformierter Wachmann stand neben einem MILcom NEX-Lesegerät, begleitet von zwei mit Maschinenpistolen bewaffneten Polizisten. Es gab jetzt kein Zurück, keinen Ausweg, falls die Kontaktlinse nicht funktionieren sollte.

Der Wachmann, der mich mit ernster Miene musterte, womöglich, so dachte ich, weil er mich noch nie gesehen hatte, nickte kurz zur Begrüssung, und ich nickte zurück. Dann machte er eine kleine Geste zum Lesegerät, und ich hielt mein Auge davor. Kurz darauf leuchtete die grüne Lampe auf. Der Wachmann nickte zustimmend und deutete mit einer Handbewegung an, dass ich eintreten könne. Ich lief hinein und erst als ich in sicherer Distanz war, atmete ich in Erleichterung tief durch.

Ich kam in eine kleine Halle, ähnlich der Bahnhofshalle vorhin, bloss kleiner und düsterer. Es gab nicht wenige Leute hier und gar einige Läden und Wirtschaften. Ein unwirklicher Eindruck, dass diese geheime Untergrundbahn so gut besucht und der geheime Bahnhof wie auch jeder andere sonst mit Geschäften ausgestattet war. Erneut tat ich, als würde ich etwas in den Läden begutachten, um stattdessen diesen seltsamen Ort ein wenig in Augenschein zu nehmen. Einige der Leute hier sprachen eine seltsame Sprache, die ich noch nie gehört hatte, und nicht einzuordnen wusste. Der Klang erinnerte mich an südostasiatische Sprachen, diese Leute sahen allerdings europäisch aus.

Neben einem Laden, in welchem Mobiltelefone und Zubehör angeboten wurden, war ein Bildschirm aufgestellt, auf welchem angekündigt wurde: „Nächste Abfahrt in 12 Minuten". Am Ende der kleinen Halle waren einige Leute bereits in einer Schlange vor einem Absperrband aufgereiht. Das Ganze war so weit wirklich einfach gewesen. Bevor ich mich ebenfalls in die Schlange einreihte, suchte ich noch die Toiletten auf, was dank der sichtbaren Beschilderung keine Schwierigkeit darstellte, entnahm dort die Kontaktlinse und bereitete die nächste vor. Ich nahm nicht an, dass beim Einsteigen eine erneute Kontrolle stattfinden würde, möglicherweise aber nach der Ankunft.

Als ich die Warteschlange nun aufsuchte, war der Zugang bereits geöffnet worden und die Leute liefen hinein. Ich kam zu einer weiteren langen Rolltreppe, die abwärts führte, diesmal war es aber bloss diese eine. Unten angekommen gab es einen engen Bahnsteig, an welchem ein schwarzer Zug bereitstand. Ich tat es den anderen Leuten gleich und stieg ein. Das Innere dieses Zuges war ähnlich dem vorherigen NEX-Wagen gestaltet, jedoch war dieser weitaus voller. Ich beabsichtigte, einen Platz nahe der Toilette einzunehmen, als dass ich kurzerhand die Kontaktlinse wieder aufsetzen könne, doch ich erkannte sogleich, dass es hier gar keine Toilette gab. Nun bereute ich, nicht vorher schon die Kontaktlinse aufgesetzt zu haben, doch gerade in dem Moment schlossen sich auch schon die Türen. Mir blieb nichts übrig, als Platz zu nehmen und zu sehen, wohin mich diese Reise führte.

14

Die Fahrt war tatsächlich kurz, kaum eine Viertelstunde hatte sie gedauert, bei einer gefühlt sehr hohen Geschwindigkeit, obwohl dies schwer einzuschätzen war, da es in der durchgehenden Tunnelstrecke keine Aussicht als Referenz gab. Obgleich der Zug recht voll war, herrschte während der ganzen Fahrt eine unheimliche Stille, keiner sprach zu irgendeinem Zeitpunkt auch nur ein Wort, sondern sie sassen alle da und starrten scheinbar ins Leere. Zwei Töne, die erklangen, schienen die Ankunft anzukündigen, eine Durchsage gab es nicht. Mit geradezu martialischer Ordnung standen die Fahrgäste auf und reihten sich zum Aussteigen auf. Ich tat es ihnen gleich.

Der Ort, an dem wir angekommen waren, musste wohl tief im Inneren des Berges sein, es gab immer wieder leichte Luftzüge, die mal warm und mal kühl waren, und von welchen ich annahm, dass sie durch das Gegenspiel der Bodenwärme und der Klimatisierung entstanden. Der enge Bahnsteig führte in einen Gang, der ebenso schlicht gehalten war, wie der geheime Bahnhof vorhin. Bloss gab es hier keinerlei Geschäfte mehr. Ich folgte der Menschengruppe eine ganze Weile bis zu einer Halle, in welcher lediglich drei MILcom NEX Zugangskontrollen positioniert waren. Ich musste schnell handeln, denn ich hatte die Kontaktlinse noch gar nicht aufgesetzt, um durch die Kontrolle zu kommen.

Mir fiel nichts Besseres ein, als meine Brieftasche auf den Boden zu werfen, als wäre sie mir hingefallen, und mich kurz von der Menge abzusetzen, in hoffentlich genügend Entfernung von den Wachmännern bei der Zugangskontrolle, als dass sie nicht auf mich aufmerksam würden. Einige Leute schauten argwöhnisch in meine Richtung, liefen aber sogleich weiter. Ich kniete mich auf den Boden und öffnete die Aktentasche, als wollte ich die Brieftasche dort versorgen, dann holte ich so diskret ich nur konnte die Kontaktlinse hervor, und setzte sie auf, was mir zum Glück gleich beim ersten Versuch gelang. Ich schloss die Aktentasche und reihte mich wieder mit den ankommenden Leuten ein.

Wie ich mich der Zugangskontrolle näherte, bemerkte ich, dass die drei Zugänge wohl in unterschiedliche Abzweigungen dieser Anlage führten. Da der mittige Zugang, welcher zu einem grossen, verzierten Tor aus schwarzem Stein führte, der auffälligste war, ging ich auf diesen zu und hoffte auf das Beste. Ich hielt mein Auge in der gewohnten Manier an das Lesegerät, und kurz darauf leuchtete die grüne Lampe auf. Ich lief weiter und bemerkte, dass die wenigsten Leute zu diesem mittigen Eingang gingen, und sich stattdessen eher auf die seitigen verteilten. Womöglich war dieser der exklusivste, dachte ich.

Die zwei grossen, steinernen Türen begannen sich zu öffnen, als ich mich näherte, völlig geräuschlos, als wäre es eine übliche Schiebetür. Dahinter folgte ein kurzer, dunkler Gang, an dessen Ende ich Licht sah. Ich hielt kurz ein in der einsamen Dunkelheit, um diese störende Kontaktlinse wieder abzusetzen und zu verstauen, dann lief ich zügig hindurch und erlebte sogleich einen Anblick, der mir völlig die Sprache verschlug. Ich musste wohl mehrere Minuten einfach völlig starr dort gestanden haben, während ich versuchte, dieses Panorama, das ich vorgefunden hatte, zu verarbeiten.

Es war eine gigantische steinerne Halle, sie musste mehrere hundert Meter hoch sein, in dessen Mitte sich ein enormer, pechschwarzer Obelisk befand, welcher fast bis an die Decke reichte, so gross wie die grössten erdenklichen Wolkenkratzer. Dieser Obelisk stand auf einem Sockel, welcher ein schwarzer Kubus war, der ebenfalls so gross wie ein mehrstöckiges Haus schien. Ich selbst stand auf einer erhöhten Plattform, etwa auf der Höhe vom oberen Teil des Sockels gelegen, von welcher aus zwei lange Treppen entlang der Wand dieser Halle hinabführten. Unten konnte ich zahlreiche Menschen erblicken, die immerzu im Gegenuhrzeigersinn um den Sockel des Obelisken liefen.

Von der Plattform aus, auf welcher ich mich befand, führte eine Terrasse auf der gleichen Höhe um die ganze Halle herum, und war mit einem steinernen Geländer versehen. Hier befanden sich weitaus weniger Leute, einige lehnten sich auf das Geländer und beobachteten den Obelisken, andere liefen ebenfalls im Gegenuhrzeigersinn dort entlang. Das seltsamste aber war das Licht an diesem Ort. Es schien keinerlei Lichtquellen zu geben, aber trotzdem war die ganze Halle hell beleuchtet. Es schien, als würde der Obelisk leuchten, was völlig unmöglich sein musste, zumal dieser pechschwarz und dunkel war.

Ich begann die Terrasse entlangzugehen, um ebenfalls den Obelisken von allen Seiten her zu betrachten, und tat es, den anderen gleich, im Gegenuhrzeigersinn. Es schien eine dieser üblichen Kleinigkeiten zu sein, auf welche man nicht gleich achten würde, aber sofort einen Aussenseiter entlarven würden.

Als ich die Seite des Obelisken erreichte, die auf der anderen Seite zum Eingang zu dieser Halle war, sah ich, dass auf dieser Seite der Sockel nicht blank war, sondern mit Schriftzeichen versehen war. Diese Zeichen waren mir zuerst fremd, doch dann erkannte ich sie wieder, ich hatte sie im *De Ritibus Tribuum Arcanorum* gesehen. Am auffälligsten war aber, dass auf dieser Seite des Obelisken der Sockel ein grosses, weisses Rechteck aufwies. Dieses besass eine unwirkliche Erscheinung, als wäre es eine völlige Leere, ohne Textur, ohne Reflektionen, einfach nur ein absolutes Weiss, welches sich in meine Augen einbrannte. Wie gebannt starrte ich eine ganze Weile darauf, bis sich plötzlich etwas darin zu bewegen schien. Es waren wie seltsame Flecken von farbigem Licht, welche darauf erschienen und pulsierten. Nach kurzer Zeit begannen diese Flecken eine Form anzunehmen, und aus der weissen Leere begann sich etwas zu materialisieren.

Es bildete sich die Form einer Kreatur aus, wenn man dieses Wesen überhaupt als solche beschreiben konnte. Zu keiner Zeit war es vollkommen physisch, es war halbdurchsichtig, als bestünde es aus einem gläsernen Material oder einer blossen Energie, welche immerzu wechselnde farbige Lichtbrechungen und optische Verzerrungen verursachte. Doch nach und nach wurde ein Umriss klar erkennbar: Die Kreatur war völlig unförmig, ein unregelmässiger Klumpen mit mehreren Gliedmassen, manche tentakelartig, andere gelenkig, sowie kleineren hervorsprossenden Fühlern an verschiedenen Stellen, die entweder unregelmässig zuckten, oder auf- und abschwollen. An der Vorderseite ragte ein Teil hervor, an welchem etwas, was man mit viel Phantasie als Kopf hätte erkennen können, daran waren drei kleinere, erratisch schlenkernde Vorwölbungen, sowie ein schräger, vorspringender Unterkiefer mit ungleichen Hauern die daraus hervorzuspriessen schienen.

Mit schlottrigen Bewegungen, welche einen mühevollen Eindruck machten, tat dieses Wesen einige Schritte aus dem weissen Rechteck hervor, woraufhin sich viele der Leute, die unten um den Obelisken gelaufen waren, zu ihm hinliefen und sich direkt davor auf die Knie fallen liessen. Die interdimensionale Kreatur griff mit einem der Gliedmassen nach diesen Leuten, welche sofort in einer metaphysischen Aberration zerrissen wurden, eine Art energetischer Implosion, welche sie in einem Bruchteil einer Sekunde unter aufleuchtenden Blitzen zerfetzte. Der Anblick war grauenvoll, so sehr aber, dass ich mich nicht einmal davon abwenden konnte. Das Wesen nahm nun einige Schritte zurück, blieb dann aber verquer und flackernd inmitten des weissen Rechtecks erstarrt, mit einer Erscheinung, die selbst in dieser abstrusen Kreatur nur als unerträgliche Grausamkeit gedeutet werden konnte.

„Ein wundersames Schauspiel, finden sie nicht?", sagte eine Stimme hinter mir. Mein Herz musste wohl bestimmt eine Sekunde stehengeblieben sein. Sachte drehte ich mich um, ein junger Mann von gepflegtem Erscheinungsbild und formeller Kleidung stand dort und schaute mit einem sanften Lächeln im Gesicht hinunter auf den Ort, wo soeben diese Kreatur mehrere Personen desintegriert hatte. Ich sagte nichts, da mir keine Antwort einfiel, die mich nicht entlarven würde, und nickte bloss.

„Sie gehören nicht hierher", sagte der junge Mann mit Gewissheit in der Stimme, „das fiel mir sogleich auf. Aber wer auch immer sie sind, ich werde sie nicht blossstellen. Vorerst nicht."

„Wie bitte?", sagte ich nur.

„Dieses obere Geschoss ist nur wenigen erwählten Personen vorbehalten. Die, die wir hier Einlass haben, gehören zu einer antiken Blutlinie, welche weit über die menschliche Zivilisation hinausgeht. Ich weiss nicht, wer sie sind oder was sie hier suchen, aber ich muss sagen ich bewundere, dass sie es überhaupt bis hierher geschafft haben."

„Befürchten sie nicht, dass ich ihre Geheimnisse offenlege?", fragte ich.

„Wie töricht Menschen wie sie doch sind", sagte der Mann verächtlich, „zu meinen, wir würden uns verstecken, wie ängstliche Hasen.

Dies ist das Redukt, ein Ort des Rückzuges, der nur den wenigsten Erleuchteten zugänglich ist."

„Dann war das, was ich soeben gesehen habe, einer der Edalh", sagte ich.

„Wahrlich, ein betörendes Wesen."

„Wenn sie es so sagen wollen", sagte ich. Der Mann lachte leicht.

„Es scheint mir, wir tun Leuten wie ihnen eigentlich einen Gefallen, indem wir uns hierhin zurückziehen. Sie haben nicht die Fähigkeit, unsere Beweggründe zu verstehen. Sie sehen die Aufopferung der Erhabenen, doch verstehen nicht das Bewusstsein als Ganzes, und die Verschmelzung mit den Edalh. Wir werden Eins sein mit den Edalh", erklärte der Mann mit ehrfürchtigem Tonfall

„Warum tun sie das?", fragte ich.

„Ich verstehe die Frage nicht", kam die Antwort. Ich starrte den Mann einen Moment lang an, dann fuhr er fort: „Sie haben es doch eben gesehen. Wir haben uns den Edalh in Leib und Seele verschrieben."

„Aber wieso? Versprechen sie sich etwas davon?", fragte ich. Der Mann seufzte irritiert.

„Sind sie denn nicht aus demselben Grund hier? Weil sie neues Wissen erlangen wollten, weil sie Antworten suchten? Welches höhere Wissen könnte es denn geben, als über die Grenzen unserer Realität und unser Universum hinauszuschreiten? Nach vielen Jahrhunderten, Jahrtausenden gar haben wir nunmehr dieses Fenster öffnen können, welches uns einen Blick über dieses Universum hinaus bietet, ein metaphysischer Durchgang im Gewebe der Realität. Ich weiss, was sie gedacht haben, als sie die Aufopferung der Erhabenen an die Edalh gesehen haben, sie haben gedacht, das seien Wahnsinnige, Sektenspinner. Ich aber sage, jene Erhabenen sind der höchste Ausdruck dessen, was der Mensch sein sollte, die Vollendung der Suche nach einer höheren Wahrheit."

„Verstehe ich es richtig, dass sie bemüht sind, die Edalh in unsere Welt zu rufen? Welche Methode haben sie hierfür gefunden?", fragte ich. Der Mann zögerte, doch schliesslich ging er auf meine Frage ein.

„Wir haben eine metaphysische Verbindung zu den Edalh geschaffen. Eine Verschmelzung von Körper und Geist mit jenen erhabenen Wesen."

„Eine metaphysische Verbindung?", fragte ich.

„Ich habe ihnen genug gesagt. Sie sind nicht erwählt, unsere höchste Erleuchtung zu erlangen. Nun bitte ich sie, sich von diesen geweihten Hallen zu entfernen."

Ich sah ein, dass ich den Bogen nicht weiter überspannen sollte, wenn ich unversehrt von diesem Ort entfliehen wollte, und so machte ich mich mit zügigen Schritten auf den Weg zurück.

1 5

Als ich auf der Rückfahrt in Richtung des Sektor Central war, bekam ich einen Anruf von Grathwohl. Er sagte mir, dass Professor Grebenschtschikow sich erholt hatte und wieder bei Bewusstsein war. Ich entschied mich sofort zu ihm hinzufahren. Ich trug Schuldgefühle in mir, da ich überzeugt war, der Überfall, bei dem Grebenschtschikow so schwer verletzt wurde, sei durch mich und dieses Buch verschuldet gewesen.

Als ich beim Spital des Sektor Nord-2 ankam, sah ich überraschend Grathwohl auf einer Bank davor sitzen, sein Blick richtete sich sofort auf mich. Ich lief zu ihm und er stand sogleich aufgeregt auf und kam auf mich zu.

„Was haben sie gesehen?", fragte er.

„Alles", sagte ich, „das Redukt, den Obelisken, die Edalh."

„Die Edalh, tatsächlich", sagte Grathwohl, sein Blick in der Ferne verloren. „Dann stimmt es wohl alles, was ich gelesen habe. Was habe ich nur getan…"

„Was meinen sie?", fragte ich. Grathwohl schien eine Weile wie erstarrt, dann drehte er seinen Blick wieder zu mir.

„Ich würde gerne Professor Grebenschtschikow sprechen, könnten sie ihn fragen, ob er sich dazu in der Lage fühlt?", fragte Grathwohl. Ich nickte und bat ihn, mitzukommen und vor dem Zimmer zu warten.

Im Spital führte man mich bis zu Grebenschtschikow, der in einem Einzelzimmer untergebracht war. Die Krankenschwester sagte, es ginge ihm so weit gut, die körperlichen Verletzungen waren nicht allzu schlimm gewesen, doch ich solle ihn nicht überfordern, da er sich von seiner Gehirnerschütterung erholte.

Ich trat ein und fand den Professor aufrecht in seinem Bett sitzend, wie er gelangweilt durch die Fernsehsender schaltete. Er drehte sich sofort zu mir, als er mich hineinkommen hörte.

„Sind gekommen mich zu besuchen, junger Mann", sagte er freudig, und machte den Fernseher aus.

„Wie geht es ihnen, Professor?", fragte ich.

„Gut, gut, aber möchte zurück in meine Büro, hier ist langweilig", sagte der Professor. „Arzt sagt ich noch bleibe ein Paar Tage zu Beobachtung. Hatte schwere Gehirnerschütterung, nicht gut."

„Sie haben ein Einzelzimmer bekommen", bemerkte ich. Üblicherweise war ein MILcom-Chip Voraussetzung für ein Einzelzimmer, ich wusste aber, dass Grebenschtschikow über keinen solchen verfügte.

„War dank Rektor Baltensperger, ist einflussreicher Mann und wollte ein ruhiges Zimmer für nutzlose alte Professor", sagte Grebenschtschikow.

„Jedenfalls freut es mich, dass es ihnen besser geht", sagte ich, „können sie sich erinnern, wer sie denn angegriffen hat?"

„Kann nichts erinnern", sagte der Professor, „nur dass ich war in Büro, und jemand kommt rein, hat mich auf Kopf geschlagen. Habe noch Bilder im Sinn, wie Person hat durchsucht mein Büro, dann bin hier aufgewacht."

„Ich vermute, dass sie das Buch gesucht haben, sie wissen schon, *De Ritibus Tribuum Arcanorum*", sagte ich. Grebenschtschikow nickte. Ich fügte hinzu: „Es tut mir leid, dass sie wegen mir in diese Situation geraten sind."

„Nicht ihre Schuld, junger Mann", sagte er, „wie man sagen: zum machen ein Omelette muss man zerbrechen Eier, ja? Solche Forschung ist gefährlich, gehört dazu. Hätte nicht gewollt, dass sie mir nicht zeigen das Buch. Wissen sie, ich hatte Vorahnung, seltsame Leute in Universität gesehen Tage zuvor. Aber sie haben Buch gefunden?"

„Ja, das war ein kluger Zug von ihnen. Was in diesem Buch stand, wissen sie noch?", fragte ich.

„Von die Edalh und schwarze Obelisk", sagte Grebenschtschikow.

„Ich habe sie gesehen", sagte ich leise.

„Die Edalh?", fragte Grebenschtschikow erregt. Ich nickte. „Es ist wahr? Wie sie haben geschafft?"

„Ich habe das Buch jemandem gezeigt, der es schon lange gesucht hatte, ich denke, sie kennen den Mann: Er heisst Grathwohl, Harland

Grathwohl." Als ich Grathwohls Namen aussprach, weiteten sich Grebenschtschikows Augen.

„Grathwohl, sie sagen?", fragte er ungläubig, „ja, kenne ihn von vor langer Zeit, war Wissenschaftler, hat seltsame Forschung gemacht. Er hat an diese grässliche MILcom gearbeitet." Nach dem letzten Satz machte Grebenschtschikow eine Posse, als würde er zu Boden spucken.

„Er ist ein… spezieller Mensch", sagte ich, „er war es auch, mit dessen Hilfe ich den Obelisken sehen konnte. Es ist so, er würde gerne mit ihnen Sprechen. Es scheint ihm wirklich wichtig zu sein."

„Grathwohl?", fragte Grebenschtschikow. Ich nickte.

„Er ist hier und wartet draussen. Aber wenn sie wollen, schicke ich ihn wieder weg", sagte ich. Grebenschtschikow presste die Lippen zusammen und senkte besorgt und nachdenklich den Blick.

„Na gut, wenn es geht um wichtiges, dann soll kommen rein", sagte Grebenschtschikow.

Ich lief zur Tür hinüber und lehnte mich hinaus, um Grathwohl, der draussen ungeduldig wartete, hereinzubitten. Er leistete sogleich Folge und lief direkt zu Grebenschtschikow. Vor dessen Bett fiel er auf die Knie und begann zu weinen. Grebenschtschikow schaute verwirrt abwechselnd auf mich und auf Grathwohl

„Es tut mir alles so leid, Professor", sagte er, „ich wusste doch nicht wirklich, was ich tat. Ich hatte bei ihnen gelernt, wir sollen nach der Wahrheit streben, aber ich vergass ihre Warnungen und wurde übermütig, ging weit über die Wahrheit hinaus. Es ist so schrecklich."

Ich war völlig überrumpelt von Grathwohls Reaktion, er schien mir bis anhin immer ein sehr kalter und zynischer Mensch zu sein, doch nun hatte er einen völligen emotionalen Zusammenbruch. Ich überlegte, was wohl während meiner kurzen Abwesenheit geschehen war, um so auf ihn einzuwirken.

„Beruhigen sich, junger Mann", sagte Grebenschtschikow verunsichert. „Setzen sich auf Stuhl, erklären alles in Ruhe." Grathwohl lief auf die andere Seite des Bettes und zog sich einen der zwei Sessel heran, derweil tat ich es ihm mit dem anderen Sessel gleich und setzte mich neben ihn.

„Ich weiss ja nicht, wie viel sie vom Buch *De Ritibus Tribuum Arcanorum* gelesen und verstanden hatten", begann Grathwohl, „vielleicht wussten sie auch einfach nicht, was ich wusste, als ich es las. Dieses Buch beschreibt eine Kultur, dessen Ursprung viele tausende Jahre zurückliegt, und deren Entstehung darauf zurückzuführen ist, dass es, als aus Gründen, die wir wohl nie werden erörtern können, eine Anomalie im Gefüge unseres Universums gab, durch welche eine Verbindung zwischen jener Dimension der Edalh und der unseren entstand.

Als handle es sich um einen Samen, in unserer Realität gepflanzt wurde, keimte und wuchs diese Kultur über die Jahrtausende, unbemerkt all der anderen Vorgänge der Menschheit. Wie ein unbeweglicher Monolith bestand der Kern jener Kultur, ungeachtet davon, wie oft ihre Anhänger ausgelöscht wurden. Während menschliche Reiche und Imperien kamen und gingen, lebte diese Kultur weiter in den Nachfahren von jenem unheilvollen Ereignis. Diese Nachfahren existieren bis heute auf einer Schwelle zwischen den Universen, als befände sich ihre Existenz in einem kleinen, unscheinbaren Mass in jener anderen Dimension."

„Nicht so schnell, junger Mann", sagte Grebenschtschikow, „muss ich erstmal verarbeiten, was sie da gerade sagen. Also ein Ereignis, welches hat verbunden unsere Dimension mit Dimension von die Edalh, und welche hat markiert gewisse Personen, ja?" Grathwohl nickte.

„Herr Grathwohl", meldete ich mich zu Wort, „als ich im Redukt war, hat mich ein Mann angesprochen. Er meinte, dass an dem Ort, wo ich war, nur Leute, die zu einer ‚antiken Blutlinie‘ gehörten, sein durften. Er meinte auch, dass die Edalh in unsere Welt kommen würden, wir Eins mit den Edalh werden sollten."

Grathwohl griff sich in elendiger Verzweiflung mit den Händen an den Kopf und zerrte an seinen Haaren.

„Eben doch", sagte er.

„Die Edalh werden kommen in unsere Welt?", fragte Grebenschtschikow ein wenig verwirrt.

„So ist es", sagte Grathwohl, „und ich war es, der dies möglich gemacht hat. Ich alleine."

Grebenschtschikow und ich starrten überrascht auf Grathwohl.

„Was sie haben getan?", fragte Grebenschtschikow.

„Die MILcom-Chips", sagte Grathwohl, „diese verdammten MIL-com-Chips."

„Aber was haben die mit den Edalh zu tun?", fragte ich.

„Verstehen sie es denn noch immer nicht?", sagte Grathwohl und zerrte an meinem Ärmel, „die MILcom-Chips sind ebendiese Verschmelzung mit den Edalh. Durch sie entsteht die Verbindung zu dieser Dimension. Wir werden Eins mit den Edalh."

„Aber Moment mal", sagte ich und löste meinen Ärmel vom Griff Grathwohls, „wie haben sie das erst jetzt bemerkt, und nicht als sie das MILcom-System entwickelt haben?"

„Die MILcom-Chips verbinden sich mit dem Nervensystem und dem Gehirn", begann Grathwohl, nun etwas ruhiger, zu erklären, „in Hirn und Nerven wirken gewisse elektrische Signale mit spezifischen Frequenzen. Die MILcom-Chips können dieses ganze System in elektrische Schwingung versetzen und damit eine elektromagnetische Verbindung schaffen. Es ist wie… denken sie an den Fernseher dort. Der Fernseher ist nur das Gerät, dieses empfängt dann alle möglichen Signale gewisser Frequenzen, auf welchen dann das Programm übermittelt wird. Die MILcom-Chips machen den Menschen im Grunde zu einem solchen Empfänger, indem das ganze Nervensystem in elektrische Schwingung gebracht wird. So funktionieren die Chips, um sich mit den Lesegeräten zu verbinden.

Doch nachdem ich das Buch las, kam mir erst in den Sinn, dass dieses System ausgenutzt werden kann, natürlich nicht für irgendwelche elektronischen Signale, wie wir sie in technischen Anwendungen benutzen, sondern für eine metaphysische Schwingung, eine Verbindung mit der Dimension der Edalh, sozusagen. Es ist so schwer zu erklären…"

„Ich denke, ich verstehe in etwa, was sie meinen", sagte ich, „es ist, als würde diese Schwingung die Menschen in die Dimension der Edalh zerren, ja?"

„Ungefähr, bloss eher andersrum, die Edalh dringen in unsere Dimension hinüber, diese Schwingungen sind eine Art Verbindung zwischen den Dimensionen."

„Was sie glauben, wird passieren?", fragte Professor Grebenschtschikow.

„Das ist doch, was man ihnen im Redukt schon gesagt hat", sagte Grathwohl zu mir, „die Edalh werden hierherkommen. Wir werden Eins sein, mit den Edalh."

1 6

Die folgenden Tage kam Grathwohl nicht zur Ruhe. Immer wieder bat er mich um Hilfe bei seinen Studien, wobei ich kaum etwas von dem verstand, was er tat, und meistens nur seinen Ausführungen zuhörte. Doch bloss jemandem seine Ideen erklären zu können, schien sich für ihn bereits positiv auszuwirken. Meistens antwortete er selbst auf seine eigenen Fragen, doch benutzte mich als Stellvertreter für einen Diskussionspartner.

Als Professor Grebenschtschikow schliesslich aus dem Spital entlassen wurde, begleitete ich ihn zurück nach Thurikon. Als wir nach mehrmaligem Umsteigen endlich in der Thurtalbahn sassen, fragte er mich nach Grathwohl.

„Ich weiss nicht genau, was ich sagen soll", erklärte ich, „Grathwohl scheint wirklich besessen, es scheint, als treibe ihn eine tiefe Beklemmung. Er nimmt die Vorstellung, dass die Edalh in unsere Welt kommen könnten wirklich ernst."

„Denke ich, er nicht hat Unrecht", antwortete Grebenschtschikow.

„Sie meinen wirklich, dass so etwas passieren wird?", fragte ich verunsichert. Ich wollte mir wohl einreden, dass, all dem was ich gesehen hatte zum Trotz, es doch nur ein Hirngespinst sei.

„Wahrlich, junger Mann. Könnte sein Ende der Welt", sagte er.

„Sie sagen das so gelassen", meinte ich.

„Kann ich nicht ändern. Bin alter, schwacher Mann. Hatte gutes Leben, viel gelernt. Soll kommen wie muss kommen", sagte Grebenschtschikow mit einer seltsamen Melancholie in der Stimme, die ich nie zuvor so erfahren hatte. „Ist vielleicht mein russische Stoizismus. In russische Kultur ist immer nur Leiden, alles Grausam. Sie nie haben gelesen Dostojewski?"

Ich schüttelte den Kopf. „Grathwohl meinte, er habe womöglich eine Lösung gefunden", fuhr ich fort, „aber er sagt, er brauche dafür eine Sendeanlage mit ziemlich viel Kraft."

„Braucht Radiosender?", fragte Grebenschtschikow, „haben Radiosender in Universität."

„Wirklich?", fragte ich.

„Ist ein bisschen alt, von vor einige Jahre, da hat Universität betrieben eigene Radiosender. Als aber Regierung hat gemacht mehr und mehr Regeln und Zensur, Rektor Baltensperger nicht mehr wollte weitersenden. Hat gesagt, warum wir sollen haben Radiosender, der sagt genau das gleiche wie alle anderen. Wenn nichts wir dürfen sagen, dann brauchen auch keine Radiosender."

In der Universität Thurikon angekommen, liess ich mir von Grebenschtschikow jene Sendeanlage zeigen, obgleich er selbst aufgrund seines körperlichen Zustandes nicht in den Dachboden kommen konnte, wo sich die Anlage befand. Er bat einen Kollegen, den jungen Professor Reuthling, dass er mir den Ort zeigen sollte: Vom zweiten Obergeschoss aus stiegen wir über eine steile Holztreppe in den Dachboden, welcher sich im Inneren des Pavillons befand, welcher die Mitte des alten Universitätsgebäudes krönte.

Die Gerätschaft sah sehr alt aus, sie musste wohl mindestens aus den 70er oder 80er Jahren stammen. Sie bestand aus mehreren Komponenten, grossen Metallkisten mit seltsamen Leuchten und Anzeigen darauf, sowie einer Konsole auf einem alten Holztisch, welche mit zahlreichen Tasten und Schaltern versehen war.

„Es funktioniert alles eigentlich noch, wir verwenden den Sender ab und zu für gewisse Experimente und so. Es gibt einen Anschluss unten beim Akustiklabor. Dort hatten wir früher mal das kleine Studio von ‚Radio Thurikon' eingerichtet."

Ich bedankte mich für die kleine Führung und rief anschliessend Grathwohl an, um ihm davon zu berichten. Er war völlig ausser sich, als er das hörte, und beschloss, sofort zu mir in die Universität Thurikon zu kommen, wo ich auf ihn warten sollte.

Als er einige Stunden später antraf, holte ich ihn am nahegelegenen Bahnhof der Thurtalbahn ab. Grathwohl erschien schwer beladen, mit mehreren grossen Koffern, die er selber kaum schleppen konnte. Ich half ihm, das Gepäck bis zur Universität zu tragen.

„Was genau haben sie mit dem Sender vor?", fragte ich auf dem Weg.

„Es ist schwer zu erklären, vielleicht wäre es auch besser, wenn sie es gar nicht wüssten", antwortete Grathwohl geheimnisvoll.

„Ich ahne schon", sagte ich, „sie wollen die Schwingung stören, welche die MILcom-Chips mit den Edalh verbindet."

„In etwa, ja, aber es ist nicht bloss das, die Funktionsweise der MILcom-Chips soll auch dauerhaft gestört werden", fügte er hinzu.

„Aber was wird das– wie wird sich das auf die Leute auswirken, die die Chips eingepflanzt haben?", fragte ich. Grathwohl blieb stehen, schaute mich entgeistert an und zuckte mit den Schultern.

„Ich weiss nicht, was genau passieren wird. Es schaudert mir, daran zu denken. Und doch sehe ich keinen anderen Ausweg", erklärte er.

Grathwohl hatte vor, eine seltsame Beeinflussung der MILcom-Chips vorzunehmen, die jedwede nur erdenkliche grauenvolle Auswirkung haben könnte, der blossen Annahme eines mutmasslich drohenden Unheils folgend. Und obgleich ich den schwarzen Obelisken und die Edalh mit eigenen Augen gesehen hatte, hegte ich Zweifel, ob sich Grathwohl fälschlich in etwas hineingesteigert hatte, und kurz davor stand, einen Fehler zu begehen, der vielen Menschen grossen Schaden zufügen würde.

Mein Gewissen sagte mir, ich sollte ihn aufhalten, das Unterfangen überdenken, doch die Gewissensbisse wurden übertönt von jenem Frust, den diese elendigen MILcom-Chips in mir seit ihrer Einführung in mir ausgelöst hatten, diese ständige Häme jener mitlaufenden Speichellecker, die sich dadurch etwas Besseres gemeint hatten, die sich daran erfreuten, auf die schwächsten hinuntertreten zu können. Und so sagte ich nichts weiter, liess Grathwohl handeln, in einer Entscheidung, die ich wohl bis heute nicht weiss, ob sie richtig war, von der ich es wohl nie werden wissen können.

Ich führte Grathwohl hinauf in den Dachboden, und half ihm seine vielen Koffer dort hinaufzutragen. Er holte aus diesen seltsame, improvisiert erscheinende Gerätschaften hervor. Eine davon war besonders auffällig, sie sah aus, wie ein Gerät aus den 20er Jahren, bestehend aus einer kleinen Holzkiste, auf welcher einige Schalter aus schwarzem Bakelit befestigt waren, sowie eine metallene Halterung mit einem Draht und einem Quarzkristall.

„Ist das ein altes Radiogerät?", fragte ich, denn ich kannte die antiken Radioempfänger von vor über einem Jahrhundert, welche mit einem Draht auf einem Quarzkristall eine Frequenz empfingen.

„Ähnlich, der Erfinder dieses Gerätes nannte es den ‚metaphysischen Detektor'", erklärte Grathwohl, „vom Prinzip her ähnlich einem Radiogerät, doch es verfügt über einige sonderbare Schaltkreise im Inneren, welche Teile arkaner Artefakte von lange verschwundenen Kulturen beinhalten, und mit welchen eine Verbindung zu parallelen Dimensionen hergestellt werden soll. Es wurde für spiritistische Séancen in den zwanziger Jahren verwendet, alles Unsinn, wenn sie mich fragen, doch ich habe einstmals mit diesem Gerät, das ich vor langer Zeit ersteigert habe, experimentiert, und hierdurch erstmals gewisse Schwingungen entdeckt, von welchen ich nun denke, dass sie eine Verbindung zu den Edalh erstellen können. Diese Schwingungen sollen eine Interferenz verursachen, welche wiederum von den MILcom-Chips empfangen wird. Anschliessend werden wir diese Frequenz völlig überladen, um das MILcom-System sozusagen durchbrennen zu lassen."

Grathwohl liess sich eine ganze Weile Zeit, seine Geräte mit dem Sender zu verbinden. Er hatte einige selbstgezeichnete Schaltpläne dabei, die er immerzu mit seinen Anschlüssen abglich. Ich bot ihm meine Hilfe an, doch er lehnte ab, da er jedes Detail vorsichtig ausgearbeitet haben wollte, als dass nichts schieflaufe. Ich sollte ihm lediglich etwas Kaffee bringen, damit seine Aufmerksamkeit nicht nachliesse.

Auf dem Weg in die Kantine schaute ich bei Professor Grebenschtschikow vorbei, dessen Schreibtisch bereits wieder wie immer mit Büchern und Papieren übersät war. Die Tür war offen, trotzdem klopfte ich an, um seine Aufmerksamkeit zu bekommen.

„Ah, kommen rein, junger Mann, machen Tür zu", sagte der Professor. „Ich suche in alte Unterlagen nach andere Informationen über Edalh und schwarze Obelisk. Kann nicht viel finden, ausser hier ein Aussage von Mann in Irrenanstalt in Jahr 1889. Lesen sie."

Grebenschtschikow übergab mir ein altes Buch, betitelt „Patienten-berichte der Psychiatrischen Klinik Burghölzli 1870-1890". Ich las auf der aufgeschlagenen Seite:

AKTE NR. HG-839, NAME DES PATIENTEN UNBEKANNT

DER PATIENT IST WEITGEHEND BEI GESUNDEM BEWUSSTSEIN, ANSPRECHBAR UND NICHT AGGRESSIV, LEIDET JEDOCH UNTER WAHNVORSTELLUNGEN, WELCHE WOHL SCHIZOPHRENIE ODER PATHOLOGISCHER PARANOIA ZUZUSCHREIBEN SIND. DER PATIENT WURDE NACH MEHRMALIGER VERHAFTUNG WEGEN ANSTÖSSIGKEIT IN DER ÖFFENTLICHKEIT UND VERLETZUNG DER ÖFFENTLICHEN SITTLICHKEIT SCHLIESSLICH IN DIE KLINIK EINGELIEFERT, NACHDEM DIE POLIZEI IHN FÜR EINEN PSYCHIATRISCHEN FALL BEFUNDEN HATTE.

DER PATIENT WURDE IM ZUGE SEINER DIAGNOSE ZU SEINEN WAHNVORSTELLUNGEN BEFRAGT, DIESE BEFRAGUNG IST HIER WEITESTGEHEND IM WORTLAUT WIEDERGEGEBEN:

DR. MEYER: WAS HAT SIE DAZU GEFÜHRT, SICH ÖFFENTLICH DER HYSTERIE HINZUGEBEN?

PATIENT: ICH HABE SIE GESEHEN, MIT EIGENEN AUGEN. DER OBELISK IN DEN BERGEN. SCHWARZ, WIE DIE EWIGE DUNKELHEIT. UND DANN DIE BESTIE, AUS DER ANDEREN WELT. SIE KOMMEN. SIE SIND SCHON HIER, WERDEN UNS ALLE VERSCHLINGEN.

DR. MEYER: WAS IST DIESE BESTIE, VON DER SIE SPRECHEN?

PATIENT: DIE BESTIE, DAS GRAUEN, SIE IST NICHT GREIFBAR, BESTEHT AUS REINER ANGST. DER TEUFEL SELBST FÜRCHTET SICH DAVOR. SIE WIRD DIE WELT VERSCHLINGEN.

DR. MEYER: WO HABEN SIE DAS GESEHEN?

PATIENT: IN DER TIEFE, IM BERG. ICH WURDE HINGEFÜHRT VON EINIGEN MENSCHEN. SIE DACHTEN, ICH SEI EINER VON IHNEN. DOCH ES SIND KEINE MENSCHEN, ES SIND EBENFALLS BESTIEN, SIE VERGNÜGEN SICH AM LEID UND AM TOD. SIE HULDIGEN DER BESTIE, IHREM UNHEILIGEN KULTUS. SIE WOLLEN DIE BESTIEN FREISETZEN… DAS ENDE NAHT. DOCH ICH HABE ES VERHINDERT.

DR. MEYER: WIE HABEN SIE ES VERHINDERT?

PATIENT: ICH TÖTETE SIE, ALLESAMT. DORT UNTER DEM BERG HABE ICH SIE ERSCHLAGEN.

DR. MEYER: GETÖTET, SAGEN SIE?

PATIENT: IN DER TAT. MIT EINEM STEIN SCHLUG ICH EIN AUF IHRE SCHÄDEL. DOCH IHR BLUT WAR NICHT ROT, ES WAR GELB UND TRANSPARENT, WIE DAS EINES INSEKTES. DIE ANDEREN LACHTEN BLOSS, HIELTEN MICH NICHT AUF. DANN VERLOR ICH DAS BEWUSSTSEIN UND WACHTE IN DER STADT AUF. HIMMEL HERRGOTT, DIE BESTIEN, SIE KOMMEN, SO TUN SIE DOCH WAS!

HIER WIRD DAS GESPRÄCH AUFGRUND DER HYSTERIE DES PATIENTEN ABGEBROCHEN. FOLGENDE GESPRÄCHE BOTEN LEDIGLICH EINE WIEDERHOLUNG DERSELBEN AUSSAGEN. DER PATIENT WIRD ZUM SCHUTZE DER ÖFFENTLICHEN SICHERHEIT IN GEWAHRSAM GEHALTEN. DA DIE BEHAUPTETEN TÖTUNGEN WEDER EINER ANZEIGE NOCH SONSTIGEM KRIMINALBEFUND ENTSPRECHEN, WERDEN SIE ALS WAHNVORSTELLUNG ABGETAN.

„Sie glauben, dieser Mann hat die Edalh gesehen?", fragte ich.

„Viele Einzelheiten die übereinstimmen", sagte Grebenschtschikow, „Mann kam scheinbar aus gutem Haus, war mit teurem Anzug gekleidet, viel Geld dabei. Vielleicht diese Kultur hat tatsächlich gemeint, er gehöre dazu. Wer weiss. Wie kommt voran Grathwohl?"

„Er bastelt seit Stunden an diesem Sendegerät, ich hoffe, er lässt es nicht unbrauchbar zurück", sagte ich. „Ich sollte mal wieder zu ihm hoch, er hatte mich eigentlich nur um Kaffee gebeten."

„Dann sie besser gehen zu ihm", sagte Grebenschtschikow. Ich stand vom Stuhl auf, doch dann zögerte ich.

„Professor", begann ich, „glauben sie, es ist das richtige, Grathwohl diesen seltsamen Plan ausführen zu lassen? Was, wenn all dies nur Phantasie ist, und er vielen Leuten etwas Schreckliches antut?"

„Ist schwierig zu sagen", antwortete der Professor, „aber was, wenn wahr ist, und grosses Unheil über die Welt kommt durch Edalh?"

„Was würden sie an meiner Stelle tun?", fragte ich.

„Sie mich doch kennen", antwortete Grebenschtschikow lachend, „wann ich habe zurückgeschreckt vor neue Forschung? Habe oft gehabt Verletzungen und Unfälle als war ich noch jung. War ich immer auf Suche nach neuen Erkenntnissen. Und würde auch diesmal Forschung weiterführen. Und hoffen auf Beste."

1 7

Es war schon Nacht, als Grathwohl plötzlich verkündete, seine Gerätschaft bereitzuhaben. Ich sass dösend in einer Ecke und fuhr regelrecht auf, als Grathwohl erregt auf mich einredete.

„Es war eine Herkulestat, aber ich habe es tatsächlich geschafft",
sagte Grathwohl und schaute stolz auf ein Gewirr von Kabeln und Ap-
paraten.

„Was jetzt?", fragte ich, noch nicht ganz wach.

„Nun, das ist die Frage", meinte Grathwohl, „eigentlich würden wir
das ganze hier jetzt einschalten und meinen Plan in die Tat umsetzen."

„Eigentlich?"

„Wie ich hier bastelte, habe ich überlegt—", sagte Grathwohl mit einer seltsamen Nervosität in der Stimme, „ob es denn auch das Richtige
ist. Sehen sie, wäre es nicht eine unglaubliche Erfahrung, die Edalh in
unserer Welt zu erleben? Zu sehen, was mit unserer Realität geschehen
würde; metaphysische Erkenntnisse zu erlangen, von denen man sonst
nur träumen könnte. Warum sollten wir diesen Lauf der Menschheit
aufhalten?"

„Aber sagten sie nicht, die Edalh würden unsere Welt zerstören?",
fragte ich.

„Wer weiss, was tatsächlich geschehen würde, es hat noch nie zuvor etwas dergleichen gegeben. Aber denken sie doch einmal nach, wir
stehen hier kurz davor, die bahnbrechendste aller menschlichen Erkenntnisse zu verweigern. Das können wir doch nicht verantworten!"

„Herr Grathwohl, guter Mann", sprach ich, „ich verstehe ihren
Standpunkt. Sie wie ich, wir haben uns seit jeher nach neuem Wissen
gesehnt, sind diesem auf unsere eigene Art und Weise nachgegangen,
sind immerzu furchtlos ins Dunkle getreten. Doch sie haben selbst gesehen, wohin sie das geführt hat, wenn sie sich hierbei nicht von einem
Ideal haben leiten lassen. Denken sie doch, wie sie sich dort in Greben-

schtschikows Spitalzimmer gefühlt haben, welche Reue in ihnen war. Denken sie dies zehnfach, hundertfach, tausendfach, millionenfach. Wenn sie sich nun abkehren, dann sei es so, ich kann sie nicht aufhalten. Aber überlegen sie sich gut, ob sie einstmals mit ihrem Gewissen werden leben können. Sofern wir überhaupt noch leben."

Grathwohl wendete sich langsam von mir ab, starrte auf das kleine, antike Radiogerät aus Holz und Bakelit. Dann drehte er sich schlagartig zu mir, sein Blick verändert, von Wahnwitz beherrscht.

„Unsinn!", rief er, „mein einziger Fehler war es, dass ich den Weg nicht bis zum Ende gegangen bin. Ich werde nicht so nah am Ziel wieder kehrt machen, im Gegenteil, mit diesem Gerät können wir das ganze vollenden. Warum Jahre, Jahrzehnte warten, wenn wir heute schon diese versprochene Ankunft der Edalh erleben können?"

Ich hätte sagen wollen, dass Grathwohl nun völlig den Verstand verloren hatte, doch es wäre eine Lüge gewesen. Ich konnte seine Beweggründe perfekt nachvollziehen, obgleich ich sein Handeln nicht billigte, womöglich, weil mein eigenes Erlebnis der Edalh eine Furcht in mir ausgelöst hatte, welche mich daran gehindert hätte, jene grauenvolle Absicht auszuführen. Meine Angst hatte meinen Wissensdrang übersteigert.

„Nein, Grathwohl, das kann ich nicht zulassen", sagte ich und stürzte mich auf das antike Gerät. Doch Grathwohl hielt mich kurz davor auf. Der alte Mann war kräftiger, als es den Anschein hatte. Oder ich schwächer.

„Philister wie sie sind daran schuld, dass die Wissenschaft seit Jahren stagniert. Wie viele Jahre ist es her, dass der Mensch auf dem Mond war, dass wir in Überschallflugzeugen reisen konnten, dass wir das Atom gebändigt haben, und was haben wir heute? Windmühlen und Fahrräder! Ich werde mit solcher Kleingeisterei nichts mehr zu tun haben. Eher bringe ich das letzte Unheil über die Welt, als es in feiger Angst zu meiden. Wahrlich, die Konquistadoren wussten auch nicht, was sie erwartete, und nicht wenige zahlten den höchsten Preis dafür, doch zumindest kann nicht von ihnen gesagt werden, sie hätten aus Angst keine neuen Horizonte angestrebt. So sei es dann, werde ich in ihre Fussstapfen treten, komme was wolle!"

Hiernach warf mich Grathwohl mit seiner ganzen Kraft zurück, woraufhin ich die steile Treppe des Dachbodens hinunterfiel. Wie durch ein Wunder fügte ich mir dabei bloss einige Prellungen und keine schweren Verletzungen zu. Ich sah, wie Grathwohl die Tür zum Dachboden zuschlug und konnte hören, dass sie von innen verriegelt wurde. Ich lief die Treppe hinauf und klopfte lautstark, doch es war sinnlos, die schwere Holztür gab nicht nach. Aus dem Dachboden erklangen kurz darauf seltsame Geräusche der elektrischen Gerätschaften.

„Was los? Junger Mann, da oben alles gut?", hörte ich Grebenschtschikows Stimme durch die dunklen, menschenleeren Gänge der Universität Thurikon hallen. Ich lief zu ihm hinunter und traf ihn im Gang, wo er sich mit seinem Rollstuhl hinausgeschoben hatte, und erklärte ihm, was geschehen war. Er blieb ruhig, doch in seinem Gesicht konnte ich erstmals eine grosse Besorgnis erkennen. Wir lauschten den Geräuschen aus dem Dachboden, die bis hier unten zu hören waren, eine Mischung aus mechanischem Surren und schrillem elektrischem Jaulen. Der Lärm wurde immer lauter, bis das ganze Gebäude zu zittern schien, mit einer Vibration, die mir selbst durch Mark und Bein ging. Dann, wenige Minuten später, hörte es schlagartig auf.

„Das war's?", fragte ich verunsichert, „meinen sie, seine Geräte haben nachgegeben?" Doch Grebenschtschikows Gesichtsausdruck verneinte meine Frage. Wir hörten nun, wie der Dachboden entriegelt war, und Grathwohl mit schnellen Schritten hinunterkam.

„Es ist vollbracht", sagte er erregt, „es sollte schon bald etwas zu sehen sein. Kommen sie."

Grathwohl lief zur Südseite, wo es einige grosse Fenster gab, durch welche man vom Gang aus eine weitreichende Aussicht hatte. Zögernd folgte ich ihm, und schob hierbei den Rollstuhl des Professors.

„Ja, Ja!", kreischte Grathwohl lautstark, als er durch das Fenster blickte, sein Ausdruck freudig wie ein kleines Kind. „Sehen sie doch, dort!"

Er deutete auf den fernen Horizont, wo man tagsüber bei guten Wetterverhältnissen die Alpen erkennen konnte, und dort sah ich eine Edalh-Kreatur, eine solche wie ich schon beim schwarzen Obelisken erlebt hatte, bloss war diese gigantisch. In der Ferne sahen wir den

leuchtenden Umriss dieses Ungetüms, wie sie langsam, mit errati-
schen, zitternden Bewegungen, voranschritt. Diesmal war sie von einer
Grösse, die selbst die Berge überragte.

„Dort, sehen sie", rief Grathwohl und deutete nun nach links. Eine
weitere solche Kreatur war zu sehen. Um die Edalh herum entstanden
seltsame flackernde Aberrationen, unwirkliche optische Verschiebun-
gen, als wären es Störungen auf einem Bildschirm, bloss in der Realität
selbst.

Die Aberrationen wurden immer zahlreicher und weitreichender.
Bald schon war der ganze Ausblick in die Richtung, aus der die Edalh
kamen, nur noch schwer erträglich, alles, was man sehen konnte, ver-
schob sich immerzu hin und her, während sich immer mehr grell
leuchtende Spalten auftaten.

„Was sie haben getan", sagte Grebenschtschikow düster.

„Ich habe einen neuen Horizont erklommen, Professor", sagte Grathwohl bestimmt und ohne den Blick von den immer groteskeren Zer-
klüftungen des dimensionalen Gefüges abzuwenden. „Wir erleben als
erste Menschen diese neue Ebene der Realität, wir blicken in den Ab-
grund hinein und können sehen, was sich hinter der Dunkelheit befin
—"

Grathwohl hörte mitten im Satz auf, zugleich als eine solche Spal-
tung des Gefüges vor uns blitzartig vorbeizog, wie ein stiller, aber ver-
störender Blitz. Grathwohl war wie versteinert, alle Muskeln ver-
krampft, seine Hände mit starren Fingern angehoben. Seine Augen
waren weit offen, die Pupillen zitterten. In dieser Stellung fiel Grathwohl zu Boden, ich konnte ich gerade noch festhalten, doch als ich
ihn berührte, sah ich während des Bruchteils einer Sekunde eine Vision einer fremden Dimension, eines Universums, in welchem die Gesetze der Physik völlig korrumpiert waren, wo es kein oben und unten
gab, sondern nur unmögliche Formen und Gebilde; und hierin ein Öd-
land von fortwährender Fäulnis, worin meine Existenz unter endlosen
Qualen zerrissen wurde.

Grathwohl kam mit einem Zucken wieder zu sich und begann sich
langsam aus seiner Starre zu lösen.

„Herrgott", sagte er leise, „was habe ich angerichtet."

18

Grathwohl beschrieb eine Vision ähnlich der meinen, doch obgleich nur einige Sekunden vergangen waren, beschrieb er, wie sich dieses Erlebnis über Stunden oder Tage gezogen hatte, er wusste nicht einmal, wie lange, weil die ganze Realität derart verzerrt gewesen war. Er schaffte es, langsam aufzustehen, doch er war sichtlich völlig schockiert.

„Warum sie haben das gemacht, dummer Mann!", rief Grebenschtschikow.

„Ich wollte doch nur…", sagte Grathwohl entgeistert, „ich konnte nicht wissen, dass es so grauenvoll wäre."

„Können sie es nicht irgendwie rückgängig machen?", fragte ich. Grathwohl starrte einen Moment ins Leere, dann reagierte er.

„Vielleicht, ja. So wie es ursprünglich gemeint war", sagte er, „wir können es versuchen."

Die Aberrationen wurden inzwischen häufiger, wie Blitzlichter durchkreuzten sie die Dunkelheit und liessen das Gefüge der Realität pulsieren, was in mir Schwindel und Übelkeit verursachte, als boxte jemand immerzu auf mich ein. Trotz dieser Zustände quälte ich mich mit Grathwohl zum Dachboden hinauf, wo er sich sofort an seine Geräte machte.

„Sie werden mir helfen müssen, die Energieleistung hochzufahren, während ich die Frequenz erhalte", sagte Grathwohl, „wir müssen die maximale Energieleistung aus dem Sender herausholen. Ich hoffe, er ist stark genug."

Grathwohl erklärte mir, welchen Schalter ich bedienen sollte, ein Drehknopf den ich langsam hochdrehen sollte, immer seinen Anweisungen folgend. Er nahm sich derweil jenes abstruse Radiogerät aus den 20er Jahren vor, mit welchem er offenbar die richtige Frequenz erzeugen wollte.

Grathwohl legte einen Sicherungsschalter an der Wand um, woraufhin ein lautes Surren zu hören war und überall Lämpchen leuchteten Lämpchen auf.

„Beginnen sie", rief Grathwohl mir zu. Ich gehorchte und drehte den Schalter langsam auf. Als ich dies Tat, wurde das Surren lauter und nahm einen höheren Ton an. Ich machte nach und nach weiter, während ich auf eine Anweisung von Grathwohl wartete. Immer wieder waren derweil seltsame Vibrationen zu spüren, welche in mir Schwindel verursachten, als dass ich Mühe hatte, aufrecht zu stehen.

„Halt", rief er nun. Ich leistete Folge. Er schien damit beschäftigt, an seinem antiken Gerät etwas einzustellen, dann legte er anderswo noch einige Schalter um.

„Nun weiter", sagte Grathwohl, ich drehte den Schalter weiter, der Lärm in diesem kleinen Dachboden wurde lauter, die Vibrationen immer unerträglicher, die Luft warm und stickig von der Hitze, die diese Geräte verursachten.

„Mehr, mehr", rief Grathwohl. Doch der Schalter war am Anschlag.

„Es geht nicht weiter", rief ich zurück.

„Was?", sagte Grathwohl und drehte sich zu mir. „Verdammt. Es reicht nicht."

„Was nun?"

„Ich hatte gehofft, dass es nicht nötig sein würde, aber ich habe noch eine zusätzliche Energiezufuhr. Einen Augenblick."

Grathwohl wühlte zwischen einigen Kabeln, bis er ein kleines Gerät hervorkramte, welches einen kleinen Hebelschalter besass. Es legte den Schalter um, woraufhin die ganze Maschinerie ausging.

„Was ist passiert?", fragte ich.

„Irgendetwas ist durchgebrannt", antwortete Grathwohl. Er nahm einen Schraubenzieher und öffnete eine der grossen Metallkisten, die Teil der Sendeanlage waren. Dort drin begann er einige Anschlüsse umzustecken, bis wieder alle Geräte sich anschalteten. Er ging erneut an seine kleine, antike Apparatur und betätigte daran die verschiedenen Schalter.

„Ja, jetzt habe ich es. Die Frequenz stimmt. Nun muss es nur noch einen Moment halten", sagte Grathwohl erregt. Er schaute nun immer wieder in den offenen Metallkasten.

„Halten sie den Schalter auf der höchsten Stufe. Es muss nur noch ein paar Minuten lang halten. Ich werde versuchen, die Leistung noch zu–"

Grathwohl hatte in die Metallkiste hineingegriffen, und offenbar einen Stromschlag bekommen. Er zitterte am ganzen Körper, es flogen einige Funken. Mehrere Sekunden lang dauerte dies an, dann ging erneut alles aus. Grathwohl fiel qualmend zu Boden.

„Grathwohl? Grathwohl!", rief ich. Doch es kam keine Antwort, der Mann war tot.

Eine Weile blieb ich reglos in der Dunkelheit stehen, doch ich bemerkte, dass jene Pulsierungen aufgehört hatten. Ich verliess den Raum und suchte Professor Grebenschtschikow auf, der noch immer bei den Fenstern im Gang wartete. Schockiert erklärte ich ihm, was geschehen war.

„Ist gut, junger Mann, ist nicht ihre Schuld. War Unfall, kann passieren", sagte er tröstlich. „Grathwohl hat gewusst, was er macht."

„Doch es scheint funktioniert zu haben", sagte ich, als ich aus dem Fenster in die dunkle Nacht blickte.

„Scheint so, junger Mann", antwortete Grebenschtschikow, „Edalh sind plötzlich verschwunden, Aberrationen haben aufgehört."

Erst am nächsten Tag, wurde mir bewusst, welche Auswirkungen Grathwohls Handeln gehabt hatte. An die Edalh konnte sich niemand erinnern, und Verwüstung schien es auch keine zu geben. Doch Grathwohls Gerät hatte offenbar eine direkte Auswirkung auf die MILcom-Chips gehabt.

Die Träger der MILcom-NEX Chips hatte es am stärksten getroffen, sie waren alle auf der Stelle kollabiert. Die Träger der anderen MILcom-Chips hatten unterschiedliche Schäden erlitten, manche hatten kaum etwas mehr als einige Kopfschmerzen bemerkt, andere hatten gar einen Schlaganfall erlitten, oder waren ebenfalls durch den Schock verstorben.

Die kommenden Tage herrschte ein grosses Chaos, da die Regierung fast gänzlich entweder tot oder handlungsunfähig war, und auch sonst ein beträchtlicher Teil der Gesellschaft ausser Gefecht war. Es dauerte einige Wochen, bis sich die Zustände einigermassen normalisiert hatten, doch es fühlte sich an, als lebte man in den Ruinen einer untergegangenen Zivilisation.

Als sich die Situation wieder stabilisiert hatte, begann aber auch eine neue Hysterie. Viele Leute suchten Schuldige für das, was ihnen oder ihren Angehörigen widerfahren war. Bald schon hatte sich das Narrativ etabliert, dass es eine Verschwörung gegeben habe, um das ganze Land aus den Fugen zu bringen. Man wollte in denjenigen, welche sich keine MILcom-Chips hatten einpflanzen lassen, die Verantwortlichen für diese Verschwörung sehen. Jeder dieser Menschen wurde zum Verdachtsfall. Viele bestanden darauf, dass sie sehr wohl einen Chip getragen hatten, was letztlich auch schwer nachzuweisen war, da das ganze MILcom-System nicht mehr funktionierte.

Einige von uns aber, konnten sich nicht herausreden. Und so klopfte die wütende Menschenmenge schon bald auch an meiner Tür. Resigniert sass ich an meinem Schreibtisch und starrte durch das kleine Fenster nach draussen. Ich wusste, dass es kein Entkommen für mich gab. Man stellte mich vor ein Scheingericht, wo selbsternannte Richter mich der Verschwörung schuldig sprachen und ins Gefängnis verfrachten liessen.

Dort sitze ich bis zum heutigen Tage, was sind es wohl, vier, fünf Jahre inzwischen. Ich verstehe mich gut mit den anderen Gefangenen, wie auch mit den Wärtern. Diese wissen selber nicht, ob es überhaupt noch einen Sinn hat, uns alle hier zu behalten, doch sie alle fürchten selbst um Leib und Leben, wenn sie ihre Aufgabe missachten sollten, denn nur der kleinste Fehltritt kann dieser Zeiten schlimmste Konsequenzen mit sich führen.

Ich war seit meiner Verurteilung nur einmal draussen, das war zur Beerdigung von Professor Grebenschtchikow. Ich wurde in einem Häftlingstransport mit kleinen, vergitterten Fenstern zum Friedhof gefahren, wo ich zusammen mit wenigen anderen Leuten, allesamt Professoren oder Mitarbeiter der Universität Thurikon, bei der Beisetzung war. Meine knappen Eindrücke von der Aussenwelt waren, dass sich das Chaos seither nur noch weiter verschlimmert hat, vor allem, seitdem die Wirtschaft vollends kollabiert ist. Gewalt und Verbrechen grassieren, die nachfolgende Regierung hat bisher keine Ordnung durchsetzen können.

Ich habe meine Zeit hier genutzt, um diese ganzen Geschehnisse niederzuschreiben. Nicht, dass ich meinte, irgendwer würde meinen Denkereien Bedeutung schenken. Vielleicht werde ich einstmals wieder aus diesem Gefängnis entlassen, doch ich vermeide bewusst zu sagen, dass ich meine Freiheit wiedererlangen würde. Denn welchen Sinn hat es schon, sich frei zu meinen, in einer Welt, die bloss noch aus Tyrannen und Gefängniswärtern zu bestehen scheint.

Grathwohl hat schlussendlich doch das Eindringen der Edalh in unsere Welt endgültig verhindert, und den Kult des schwarzen Obelisken zumindest vorerst ausgelöscht, als deren Anhänger an ihren MILcom-Chips zu Grunde gingen. Doch, obgleich Grathwohls Befürchtungen, hat mir sein Handeln schlussendlich doch noch eine neue Erkenntnis offenbart. Eine Wahrheit, eine Realität, die viel grauenvoller ist, als es die Edalh jemals hätten sein können.

Lesen sie auch von A. M. Berger:

Aus dem Archiv der Universität Thurikon
Vier Geschichten im Stil der Weird Fiction

Aus dem Archiv der Universität Thurikon: 2. Band
Von aberranten Kreaturen und unaussprechlichen Kulten

Aus dem Archiv der Universität Thurikon: 3. Band
Die Schüler des Professor Grebenschtschikow

Mendacia - Die Verschwörung
Abenteuerroman

**Epistemologie der Postmoderne: Eine kritische Auseinandersetzung
mit dem Zeitgeist der neuen Epoche**
Philosophisches Sachbuch